너무 늦은 시간

So Late in the Day

Copyright © 2023 by Claire Keegan
All rights reserved.
Korean translation copyright © 2025 by DASAN BOOKS CO., LTD.
Korean translation rights arranged with Curtis Brown Group Limited through EYA(Eric Yang Agency)

이 책의 한국어판 저작권은 EYA(Eric Yang Agency)를 통해 Curtis Brown Group Limited와 독점 계약한 (주)다산북스가 소유합니다. 저작권법에 의하여 한국 내에서 보호를 받는 저작물이므로 무단전재 및 복제를 금합니다.

너무 늦은 시간
So Late in the Day

클레어 키건 소설

허진 옮김

로레타 킨셀라를 위하여

우리가 아는 것, 항상 알았던 것,

피할 수 없지만 받아들일 수도 없는 것은

옷장만큼이나 명백하다.

한쪽은 사라져야 한다.

필립 라킨, 「새벽의 노래Aubade」

차
례

너무 늦은 시간 _ *11*

길고 고통스러운 죽음 _ *51*

남극 _ *83*

감사의 말 _ *113*

옮긴이의 말 _ *114*

너무 늦은 시간

1

 7월 29일 금요일에 더블린의 날씨는 예보와 같았다. 오전 내내 뻔뻔한 햇볕이 메리온 광장에 내리쬐면서 카헐이 지키고 있는 열린 창가의 책상에까지 들어왔다. 잘린 풀의 맛이 바람을 타고 들어왔고 이따금 후텁지근한 바람이 창틀의 담쟁이덩굴을 흔들었다. 그림자가 지나가서 바깥을 내다보자 저 높이 제비들이 패를 나눠 싸우고 있었다. 그 아래 잔디밭에 사람들이 나와서 일광욕을 했고 아이들도 있었으며 꽃밭에 꽃이 만발했다. 얽히고설킨 인간의 싸움과 모든 것이 어떻게 끝날지 다 알고 있음에도 불구하고 삶은 대체로 매끄럽게 흘러갔다.

 벌써부터 하루가 길게 느껴졌다. 카헐이 다시, 또다시 화면 위쪽을 보니 14:27이라고 떠 있었다. 그는 점심을 먹으러 나가서 운하까지 걸어갔다 올걸 그랬다고 생각했다. 벤치에 잠시 앉아 사람들이 물에 던지는 빵 부스러기며 찌꺼기를 먹어치우는 혹고니와 새끼들을 볼 수도 있었을 텐데. 카헐은 작업 중이던 예산 편성 파일을 저장하지도 않고 무심코 닫았다. 그러자 치욕과 다르지 않은 무언가가 그의 몸을 관통했고, 카헐은 자리에서 일어나 복도를 지나서 남자 화장실로 들어가 아무도 없는 화장실의 칸막이 문을 열고 들어갔다. 그는 변기 뚜껑에 잠시 앉아서 마음이 조금 가라앉을 때까지 아무 글자도, 낙서도 없는 문을 보았다. 그런 다음 세면대로 가서 세수를 하고 디스펜서에서 자동으로 나오는 종이 수건으로 얼굴과 손을 천천히 닦았다.

 카헐은 자리로 돌아가는 길에 커피를 마시려고 커피머신 앞에 잠깐 멈춰서 아메리카노를 누른 뒤 잔에 커피가 받아지기를 기다렸다.

 커피가 거의 다 나왔을 때 화사한 원피스를 입은 회계부

직원 신시아가 핸드폰에 대고 웃으면서 들어왔다. 그녀가 카헐을 보고 멈칫하더니 금방 전화를 끊었다.

"별일 없어요, 카헐?"

"네." 그가 말했다. "괜찮아요. 신시아는요?"

"저도 괜찮아요." 그녀가 미소를 지었다. "물어봐 줘서 고마워요."

카헐은 잔을 들고 설탕을 넣기도 전에, 신시아가 무슨 말을 더 하기 전에 자리를 피했다.

자리로 돌아와 화면 위쪽을 보니 14:54라고 떠 있었다. 파일을 다시 열고 어디까지 저장되었는지 읽어보면서 다시 입력해야 할 변경 사항을 작성하려고 하는 참에 상사가 들렀다.

북부 사람인 상사는 카헐보다 열 살은 족히 어렸고 명품 브랜드 정장을 입고 다녔으며 주말에는 스쿼시를 쳤다.

"음, 카헐. 좀 어때요?"

"좋습니다." 그가 말했다. "감사합니다."

"점심은요. 뭐 좀 먹었어요?"

"네." 카헐이 말했다. "걱정하지 마세요."

상사가 그를 보며 평소와 똑같은 셔츠, 넥타이와 바지, 닦지 않은 구두를 유심히 살폈다.

"잘 알고 있겠지만 일찍 끝내도 괜찮아요." 상사가 말했다. "그만 들어가지 그래요?" 그러더니 좋은 뜻으로 한 말이었지만 마음에 걸렸는지 얼굴을 약간 붉혔다.

"예산안 초안을 마무리하는 중이라서요." 카헐이 말했다. "이것까지는 끝내려고요."

"그렇군요." 상사가 말했다. "그러든지요. 쉬엄쉬엄해요."

상사가 자기 사무실로 물러갔고 카헐은 문이 조용히 닫히는 소리를 들었다.

다시 바깥을 보자 하늘이 푸르고 휑뎅그렁했다. 카헐은 쓴 커피를 한 모금 마시고 저장하지 않은 파일을 다시 보았다. 더 강렬해진 햇빛 때문에 잘 보이지 않아 서체를 진하게 바꾸고 화면을 살짝 돌렸다. 잠시 동안 그는 파일 내용에 집중하려 다시 애썼지만 결국에는 수신자 이름만 다르고 내용은 똑같은 산더미 같은 편지를 작성하는 일에 착수했다.

_____ 귀하

시각 예술 지원금을 신청해 주셔서 감사합니다. 지원금 선정 위원회가 모여 결정을 내렸습니다. 최종 단계 경쟁이 무척 치열했으며, 아쉽지만 귀하께서는 이번에…….

오후 5시가 되자 카헐은 편지지에 불합격 통지서를 거의 다 출력한 다음 엘리베이터를 기다리고 있었다. 누가 오는 소리가 들려 그는 계단으로 통하는 문을 밀고 들어갔다. 그곳은 더 후끈하고 퀴퀴한 냄새가 났다. 근무 시간 이후 사무실을 청소하는 폴란드 출신 여자가 난간에 기대 문자 메시지를 보내고 있었다. 그 옆을 지나칠 때 그녀의 시선이 느껴졌고, 계단 맨 아래까지 내려와 출구로 나온 뒤에야 마음이 가라앉았다. 거리로 나오니 주변이 시끄럽고 신호등 앞에 차들이 따닥따닥 줄지어 기다리고 있었다.

그는 타이를 풀고 재킷을 더듬어 가슴 주머니에 든 버스 카드를 확인한 다음 대븐포트 호텔까지 걸어가서 아클로*행

* 더블린에서 남쪽으로 40킬로미터 떨어진 곳에 있는, 위클로 카운티의 도시.

버스를 기다렸다. 카헐은 왠지 몰라도 과연 버스가 올까 마음 한구석으로 의심했지만 곧 버스가 웨스트랜드 로^{Westland Row} 거리를 따라 달려와서 평소처럼 정차했고 승객들이 버스에 올랐다.

좌석이 거의 차 있던 터라 카헐은 통로석에 앉아야 했고, 옆자리에 앉은 비만 여성이 창가 쪽으로 조금 더 붙어서 그에게 공간을 내주었다.

"참 대단한 날이었죠." 여자가 명랑하게 말했다.

"네." 카헐이 말했다.

"계속 이럴 거래요." 그녀가 말했다. "이 좋은 날씨 말이에요."

잘못된 선택이었다. 이 여자는 계속 이야기를 늘어놓을 것이다. 카헐은 여자가 조용히 했으면 좋겠다고 생각하다가 속으로 움찔했다.

"잘됐네요." 그가 말했다.

"일요일에 손주들을 데리고 브리타스에 물놀이하러 가려고요." 여자가 말을 이었다. "빨리 안 가면 여름이 다 지나고 말 거예요. 시간은 진짜 빨리 흐르니까요."

여자가 주머니에서 폴로 민트를 꺼내서 그에게도 하나 권했지만 거절했다.

"그쪽은요?" 여자가 말했다. "긴 주말 동안 무슨 계획 없어요?"

"그냥 좀 쉬려고요." 카헐은 이야기가 더 이어지지 않도록 구석으로 몰아서 끊으려고 이렇게 말했다.

평소라면 이쯤에서 핸드폰을 꺼내 메시지를 확인하겠지만 아직 마음의 준비가 되지 않았다. 문득 누군들 힘들거나 고통스러운 일에 마음의 준비가 되기는 하는 걸까 싶었다.

"거기 갔다가 남동생이 하는 목장에 데려갈 거예요." 여자가 말을 이었다. "애들이 우유는 우유갑에서 나오는 것인 줄 알고 자라는 건 싫으니까요. 요즘 애들은 참 부족한 게 없어요."

"그런 것 같군요."

"자녀가 있어요?"

카헐이 고개를 저었다. "아니요."

"아, 없는 것도 괜찮죠." 여자가 말했다. "애들 때문에 마음 아플 때가 많으니까."

카헐은 여자가 이야기를 계속 하겠거니 생각했지만 그녀는 가방에 손을 넣어 『문으로 걸어 들어간 여자The Woman Who Walked into Doors』라는 책을 꺼내더니 곧 푹 빠져서 책장을 넘겼다.

도심에서 빠져나와 N11 도로를 달리는 차들이 평소 같은 시간대보다 많았지만 브레이 나들목을 지나 고속도로로 들어서자 길이 탁 트였다. 카헐은 미끄러지듯 지나가는 나무와 들판, 저 멀리 나무가 빽빽한 산을 내다보았다. 그는 거의 매일 산을 보았으면서도 올라간 적은 한 번도 없었다. 버스는 카헐이 생각했던 것보다 일찍 위클로 나들목을 지났고 평소와 거의 같은 시간에 남쪽을 향해 달리고 있었다.

평범한 하루였다. 잭 화이트 여관 정류장에서 탄 임신부가 통로를 걸어오더니 그의 반대편 빈자리에 앉았다. 카헐은 좌석에 앉은 채 그녀의 향기를 들이마시다가 문득 수십만 명까지는 아니더라도 수천 명의 여자에게서 같은 향기가 나겠다는 생각이 들었다.

2

 약 1년 전에 그는 사무실 계단을 달리다시피 내려가서 오스카 와일드 동상이 바위에 기대어 있는 메리온 광장 입구에서 사빈을 만났다. 그녀는 흰 정장 바지에 샌들을 신고 선글라스를 끼고 알록달록한 구슬 목걸이를 하고 있었다. 두 사람은 페르메이르 전시회를 보려고 길을 건너 국립미술관으로 갔다. 사빈이 온라인으로 표를 사두었다. 그림을 감상하는 동안 카헐은 그녀에게 바짝 붙어 서서 향수 냄새를 들이마셨다. 사빈은 페르메이르가 그린 여자들을 좋아했지만 그의 눈에는 다들 게을러 보였다. 그 여자들은 절대 오지 않을 누군가, 또는 무언가를 기다리는 것처럼 가만히 앉아 있거나 거울 속 자신을 들여다보고 있었다. 건장해 보이는 여자조차도 달리 더 나은 일이 없다는 듯 한가롭게 우유를 따랐다.

전시회를 본 두 사람은 버스를 타고 아클로에 있는 그의 집으로 가서 창문을 활짝 열어둔 채 침대에 누웠다. 따뜻한 바람과 이웃집의 금속 풍경 소리가 들어와 방을 가로질렀다. 사빈은 한 시간 정도 자고 일어나 테스코까지 걸어가서 장을 봐 온 다음 저녁 식사를 준비했다. 타임 줄기를 넣고 구운 닭고기와 마늘, 주키니 호박이었다. 이 여자는 요리를 할 줄 알았다. 카헐은 지금도 그것만큼은 인정했다. 하지만 설거짓감이 너무 많이 나와서 마음 한구석으로는 늘 화가 났는데, 그가 전부 헹궈서 식기세척기에 넣어야 했기 때문이었다. 보통 그녀가 밤새 불려야 한다고 말했던 오븐용 그릇만은 예외로, 그가 월요일에 퇴근하고 돌아올 때까지 싱크대에 그대로 있었다.

두 사람은 약 2년 전에 툴루즈에서 있었던 회의에서 처음 만났다. 사빈은 체구가 작고 갈색 머리에 몸매가 좋았는데, 검은 두 눈이 약간 비뚤어진 사시였다. 카헐은 그녀의 복장에, 치마와 짙은 청회색 블라우스 차림에 끌렸다. 사빈은 편안해 보이면서도 주변에 신경을 곤두세우는 것 같았다. 그는 첫날 아침 사빈의 뒷자리에 앉았고, 회의를 소개하는 사람이 전문용어를 써가며 이야기하는 동안 그녀의 블라우스 등판에 조르르 달린 작은 단추를 보면서 본인이 그걸 직접 채웠을까 생각했다. 손가락에 반지는 없었다. 카헐이 쉬는 시간에 말을 걸었는데 알고 보니 그녀 역시 더블린 도심의 휴 레인 갤러리에서 일했고 라스가의 아파트에서 자기보다 어린 대학원생 세 명과 같이 산다고 했다.

"위클로에 가본 적 있어요?"

"글렌덜로흐랑 아본데일에 가봤어요." 그녀가 말했다. "하이킹도 했고요. 정말 예쁜 시골이죠."

"언제 또 시골 경치 즐기러 오세요." 카헐은 이렇게 말하면서 그녀의 전화번호를 받았고, 언제 일 끝나고 술이나 한 잔 마시자고 덧붙였다.

처음에는 반응이 뜨뜻미지근했지만 그는 밀어붙이지 않았다. 그러다가 주말에 사빈이 카헐의 집에 와서 자고 가기 시작했다. 프랑스 노르망디 해안가에서 자란 그녀는 도시에서 벗어나는 것을 좋아했다. 그녀는 강물이 가로지르는 아클로 시내, 헌책방, 근처 해변을 좋아해서 겨울에도 바닷가를 맨발로 걷곤 했다. 사빈의 아버지는 프랑스인이고 영국 여자와 결혼했지만 그녀가 10대였을 때 부모님이 이혼한 뒤로는 연락이 없었다.

언젠가부터 사빈이 거의 주말마다 아클로에 오게 되었고, 토요일 아침이면 두 사람은 농산물 직판장에 갔다. 그녀는 가격을 별로 신경쓰지 않는 듯 아낌없이 샀다. 사워도우 빵, 유기농 과일과 채소, 킬모어 부두에서 갓 잡아다 파는 생선 가판대의 홍가자미와 서대기, 홍합. 카헐은 그녀가 평범해 보이는 양배추 한 통에 4유로나 내는 것도 봤다. 9월이 되자 사빈은 그의 소쿠리를 들고 시골길로 나가 나무에서 개암을 땄다. 동네 농부가 자기 밭에서 야생 버섯을 따도 된다고 그녀에게 말했다. 사빈은 블랙베리 잼과 버섯 수프를 만들었다. 그녀는 무엇이든 집으로 가지고 와서 능숙하고 쉽게, 카헐이 보기에는 애정을 담아서 요리했다.

어느 날 오후, 두 사람이 산책을 나갔다가 리들 슈퍼마

켓을 지날 때 사빈이 체리를 사서 타르트를 만들고 싶다고 했지만 지갑이 없었다. 카헐이 괜찮다고, 자기가 돈을 내겠다고 했다. 그녀가 금속 국자로 체리 0.5킬로그램을 담아 계산하러 갔더니 6유로가 넘게 나왔다. 집으로 돌아와서 사빈은 체리를 씻고 반으로 잘라 보조 식탁에서 으깬 다음 자기가 사 온 보졸레 와인을 한 잔 마시고 타르트를 만들었다. 그녀는 체리 타르트를 프랑스식으로 클라푸티라고 불렀다. 반죽이 차가워지기를 기다리는 동안 사빈이 커스터드를 만들었고, 차가운 와인 병으로 반죽을 밀더니 엄지로 능숙하게 가장자리 모양을 잡았다.

드디어 타르트가 오븐에 들어가자 카헐이 두 사람의 빈 잔을 보고 보졸레를 따른 다음 결혼하면 어떨까 물었다.

"우리가 결혼 못 할 게 뭐 있어?"

"못 할 게 뭐 있냐고?" 사빈이 어떤 소리를, 숨죽인 웃음 비슷한 소리를 냈다. "무슨 청혼을 그렇게 해? 꼭 반박하는 것 같잖아." 그녀는 싱크대에서 밀가루 묻은 손을 씻고 종이 수건으로 닦는 참이었다.

"그런 뜻은 아니었어." 카헐이 말했다.

"그럼 뭐야. 무슨 뜻이었는데?"

사빈이 구사하는 영어는 가끔 신경을 건드렸다.

"그냥 고민해 볼 만하다는 거지." 카헐이 말했다. "생각해 보지 않을래?"

"정확히 뭘 생각해 보라는 거야?"

"여기서 나랑 같이 살면서 가정을 꾸리는 거. 여기서 살면 아파트 월세를 안 내도 되니까 나쁠 거 없잖아. 당신은 여길 좋아하고, 우리 둘 다 앞으로 젊어질 것도 아니니까."

사빈이 그를 바라보았다. 한쪽 눈은 카헐의 눈을 똑바로 보았고 한쪽 눈은 시선이 약간 비껴나 옆을 보고 있었다.

"우리가 아이를 못 가질 이유도 없지." 그가 말했다. "당신이 원하면 말이야."

카헐이 그녀를 유심히 보니 저어하는 것 같지는 않았다.

"이 생각이 마음에 들어?" 카헐이 물었다.

"아이는 생각이 아니야." 사빈이 쏘아붙였다.

"같이 고양이를 키워도 되고." 그가 얼른 말했다. "당신, 고양이 좋아하잖아."

그러자 사빈이 진심으로 웃음을 터뜨렸고, 카헐은 그녀

의 반감이 가라앉는 것을 느끼고 사빈을 끌어안았다. 하지만 그녀가 마음이 약해져서 승낙하기까지는 3주가 넘는 시간과 그의 설득이 필요했다. 다시 두 달이 지난 뒤에 사빈이 그래프턴 스트리트의 고급 귀금속점에서 마음에 드는 약혼반지를 발견했다. 붉은색을 띠는 금반지에 다이아몬드가 하나 세팅된 앤티크 제품이었는데, 그녀의 손가락에는 너무 헐렁해서 줄여야 했다.

몇 주 뒤 금요일 저녁에 두 사람이 반지를 찾으러 갔을 때 치수 조절 비용으로 128유로와 부가가치세가 추가되었다. 카헐이 사빈을 거리로 데리고 나가서 추가 비용은 못 내겠다 말하자고 했지만 그녀는 추가 비용이 있다는 설명을 들었다면서 몰랐다고 말하기는 싫다고 했다.

"내가 돈을 찍어내는 줄 알아?" 카헐이 말했다. 그 순간, 가장 행복한 날은 아니더라도 적어도 기뻐야만 하는 날에 아버지의 말버릇이 그의 인생에 기다란 그림자를 드리웠다.

사빈이 그를 빤히 보다가 돌아서서 가려고 했지만 카헐이 한발 물러나 사과했다.

"잠깐만." 그가 애원했다. "그런 뜻이 아니었어. 호구처럼 당하고 싶지 않았을 뿐이야. 내가 잘못 생각했어."

카헐은 가게로 다시 들어가 떨리는 손으로 약간 힘겹게 지갑에서 마스터카드를 꺼냈다.

백발에 금테 안경을 쓴 가게 주인이 작은 돔 모양 케이스에 반지를 넣고 그에게 카드단말기를 건넸다.

"환불 불가인 거 아시죠. 맞춤 제작이라서 안 됩니다."

"그럴 일은 없을 겁니다."

가게 주인이 무슨 말을 덧붙이고 싶지만 참는 것처럼 입을 꾹 다물더니 거래가 승인되자 영수증과 작은 상자를 카헐에게 건넸다. 상자는 성냥갑 정도의 무게였다.

"축하드립니다." 가게 주인이 말했다. "오래오래 행복하게 사시기 바랍니다."

두 사람은 귀금속 가게에서 나와 채텀 스트리트의 술집 니어리스에 갔다. 그곳은 조용했고, 차와 그릴드 치즈 샌드위치를 주문하자 바텐더가 작은 대리석 상판 테이블로 음식을 가져다주었다. 사빈이 설탕으로 손을 뻗었을 때 빛을 머금은 반지가 그녀의 손에서 산뜻하게 반짝거렸다. 그가 끼워준 반지였다. 하지만 그녀는 식욕이 별로 없는지 샌드

위치를 몇 입 먹다 말았고 두 번째로 따른 차는 차갑게 식었다.

두 사람이 세인트 스티븐스 그린 공원을 가로질러 버스 정류장으로 걸어가던 중에 이슬비가 내리기 시작했다. 대브포트 호텔 앞 정류장에서 거의 30분을 기다린 다음에야 버스가 왔지만, 남은 주말은 놀랄 정도로 매끄럽게 흘러갔다. 시간이 흐르면서 사빈이 마음을 누그러뜨리고 그를 서서히 용서하는 듯했고, 두 사람이 같이 보내는 시간은 다시 달콤해졌다. 첫 말다툼이라는 장애물을 넘었기에 평소보다 더 달콤했을지도 몰랐다.

3

 버스가 아클로에 정차하자 카헐이 몇몇 승객과 함께 내렸다. 작업복과 고무장화를 신은 남자가 신문가판대 앞 낮은 담에 앉아서 아이스크림콘을 빨아 먹고 있었다. 그는 고개를 까딱했지만 말은 하지 않았다. 사빈에게 자기 밭에서 버섯을 따도 된다고 말했던 농부가 아닐까 카헐은 생각했다.
 집으로 가는 길에 다른 사람을 마주치지 않을지 자신이 없었지만 현관문 앞에 무사히 도착하자 마음이 놓였다. 현관에 시든 꽃다발이 놓여 있었다. 카헐은 꽃다발을 넘어가서 열쇠로 문을 열었다. 안으로 들어가니 발판에 우편물이 몇 개 쌓여 있었다. 카헐이 몸을 굽히고 봉투들을 집어서 다른 물건들과 함께 현관 탁자 위에 올려놓았다.

문을 닫자마자 집이 평소와 다르게 고요하고 조용하다는 느낌이 들었다. 카헐이 잠시 그 자리에 서서 고양이 마틸드를 불렀다. 한 번 더 불러도 아무 소리가 들리지 않자 심장이 철렁 내려앉았고, 이 방 저 방 문을 열면서 고양이를 찾았지만 어디에도 없었다. 결국 욕실에서 고양이를 찾아냈다. 출근하기 전에 실수로 고양이를 욕실에 가둔 모양이었다. 그가 뒷문을 열고 고양이를 밖으로 내보낸 다음 냉장고를 열었다.

신선한 것은 하나도 없었다. 세 가지 과일로 만든 마멀레이드 한 병, 디종 머스터드, 케첩과 마요네즈, 샴페인, 유통기한이 다 되어가는 베이컨, 남동생이 총각파티용으로 장난삼아 주문한 살색 음경 모양 케이크. 그는 냉동실에서 다이어트 브랜드 웨이트와처스 닭고기와 야채를 꺼내 스테이크 나이프로 비닐을 몇 번 찌른 뒤 전자레인지에 넣고 강으로 9분 설정했다. 그런 다음 마지막 남은 위스카스 사료 파우치를 고양이 밥그릇에 털어 넣고 물그릇에 물을 채웠다. 그러자 갈증이 몰려와서 고개를 숙여 수돗물에 입을 대고 마셨다. 행복과 다르지 않은 감정이 입술을 살짝 스치더니 식도를 타고 내려갔다. 대학 때의 버릇이었다. 그는 남동생과 친구 두 명과 같이 살던 스틸오건의 아파트에서 더블린대학교까지 자전거를 타고 가서 음수대에 입을 대고 물을 마셨는데, 물론 그때는 훨씬 젊었다.

거실로 나온 그는 신발을 벗고 리모컨을 집어 들었지만 흥미를 끄는 프로그램이 없었다. 윔블던 결승전 재방송, 토크쇼 「닥터 필Dr. Phil」, 법정 리얼리티쇼 「저지 주디Judge Judy」, 하얀 요리사 복장을 한 남자가 아보카도를 반으로 자른 다음 씨를 빼고 껍질을 벗겨 포크로 으깨는 요리 프로그램.

카힐은 창문을 활짝 열고 거리를, 환하게 불 켜진 맞은편 집들을 내다보았다. 오늘 저녁에는 어느 집 대문에 헬륨 풍선 한 다발이 묶여 있고 에어바운스 궁전에서 아이들이 뛰놀았다. 커튼을 닫아 웃음소리와 빛을 차단하자 바로 기분이 조금 나아졌다. 샤워를 하고 옷을 갈아입어야겠다고 혼잣말을 했지만 위층으로 올라가거나 옷을 갈아입을 기분이 아니었다. 그는 허리띠를 풀고 쿠션을 소파 한쪽에 전부 몰아놓은 다음 주먹으로 쳤다. 쿠션이 이렇게 많을 필요는 없었다. 소파 하나에 쿠션 여섯 개라니.

전자레인지가 땡 소리를 내자 그가 다시 채널을 이리저리 돌렸다. 여전히 보고 싶은 프로그램이 없었고, 카헐은 부엌으로 돌아가 전자레인지에서 접시를 꺼내 비닐을 벗겼다. 포크를 들고 아일랜드 식탁에 앉아서 씹다가 삼켰다. 웨이트와처스. 사빈은 자신이 찾아낸 작은 빈티지 드레스가 너무 꽉 낄까 봐 4월 1일부터 이것만 먹었다. 몸통 군데군데 진주가 달린 흰색 레이스 드레스였다. 그녀는 미신*에 아랑곳 않고 거리낌 없이 드레스를 그에게 보여주었다. 그때부터 사빈은 평소에 만드는 비네그레트소스를 뿌린 잎채소 샐러드 외에는 저녁 식사로 아무것도 준비하지 않았다. 카헐은 문제없다고, 그녀는 뚱뚱하지 않다고 말했지만 사빈은 듣지 않았다. 그것도 문제였다. 그녀는 말을 들으려 하지 않았다. 무슨 일이든 적어도 절반은 자기 마음대로 하려고 했다.

* 결혼식 전에 웨딩드레스 입은 모습을 신랑에게 보여주면 안 된다는 속설이 있다.

그러다가 지난달 이맘때쯤 이삿짐용 밴이 그녀의 물건을 전부 실어 왔다. 책상과 의자, 책장, 책과 DVD와 CD가 든 상자 여러 개, 옷이 가득 든 여행 가방 두 개, 어항에 앞발을 집어넣은 고양이를 그린 커다란 마티스 그림 복제화, 그가 모르는 얼굴뿐인 사진 액자 여러 개. 그녀는 이제 자기 집이라는 듯이 원래 있던 물건을 옆으로 밀고 액자를 여기저기 세워놓거나 벽에 걸었다. 사빈의 책 절반 이상이 프랑스어 책이었다. 맨얼굴에 운동복 차림으로 땀을 흘리면서 물건을 들어 옮기고, 카헐에게 물건을 치우라고 시키고, 가구를 밀어서 위치를 바꾸는 그녀는 무척 달라 보였다. 낑낑대며 애쓰는 것이 표정에 그대로 드러났다. 냄비와 프라이팬, 요가 매트, 치마와 블라우스, 나무 옷걸이, 정수기, 잎홍차 캔 여러 개, 커피 그라인더도 있었다.

  "나 아직 사랑한다고 말해줘." 그녀의 물건이 대부분 자리를 찾고 그의 물건 여러 개가 다른 곳으로 옮겨지고 나서 사빈이 말했다.

  그녀는 침대 가장자리에 카헐과 나란히 앉아 있었다.

  "물론이지."

"그럼 뭐가 문제야?"

"아무 문제도 없어."

"말해봐." 사빈이 끈질기게 말했다.

"그냥 이게 다 뭔가 싶어서, 그뿐이야."

"뭐? 내 물건?"

"이것들. 당신 물건 전부. 이거 다." 카헐이 주변을 둘러보았다. 파란 담요, 추가로 생긴 쿠션 두 개, 그녀가 신고 다니는 것을 거의 본 적 없었지만 사빈의 서랍장 밑으로 비죽 튀어나와 있는 신발과 샌들 여러 켤레.

카헐은 나이키 운동화와 구두 한 켤레가 전부였다.

"내가 아무것도 없이 맨몸으로 들어올 줄 알았어?"

"그냥 너무 많아서." 그가 설명하려 애썼다.

"많다고? 내 물건 그렇게 많지 않은데."

"감당할 게 너무 많잖아."

"어떨 줄 알았는데?"

"모르겠어." 카헐이 말했다. "이럴 줄은 몰랐어. 어쨌든 이건 아니었어."

"이해가 안 가." 사빈이 말했다. "내가 이달 말에 라스가의 아파트에서 나와야 한다는 건 당신도 알았잖아. 당신이 여기로 오라고, 결혼하자고 했잖아."

"난 이런 식일지 몰랐어, 그뿐이야." 카헐이 말했다. "그냥 당신이 여기 같이 있고, 같이 저녁을 먹고, 아침에 같이 일어난다고만 생각했지. 그냥 너무 현실적이라서 그래."

그는 사빈의 눈 속에 담긴 것을 보지 않으려고, 그것을 가리려고 그녀를 끌어당겼다. 그러나 사빈은 그의 품에서 뻣뻣하게 굳더니 벌떡 일어나서 마지막 상자를 단호하게 비웠고, 침실에 딸린 욕실의 작은 유리 선반에 놓인 그의 면도기와 치약을 한쪽으로 밀어 공간을 만들었다. 그런 다음 로션, 헤어컨디셔너, 피임약, 화장품 가방, 탐폰을 올려놓았다.

그녀는 오랫동안 샤워를 하고, 옷을 갈아입고, 그가 전화로 주문한 중국요리를 먹으면서 에비앙 생수 1리터를 전부 다 마셨다. 식당은 배달비로 4유로를 청구했다. 카헐은 포장해 오고 싶었지만—별로 멀지 않았다—사빈은 그날 밤 어디에도 나가고 싶은 기분이 아니라고 했고, 왠지 모르지만 그는 그녀를 집에 혼자 두고 싶지 않았다.

두 사람이 식사를 마친 다음 사빈은 생각이 바뀌었는지 마음을 살짝 열고 얘기하기 시작했다.

"이번 주에 당신 동료랑 술 마시러 갔었어."

"어?"

"응, 신시아가 셸번 호텔에 데려가 줬어." 그녀가 말했다.

"두 사람이 아는 사이였는지 몰랐네."

"딱히 아는 사이는 아니야." 사빈이 말했다. "그냥 우리 갤러리 일 중에 신시아가 모금을 담당하는 일이 있어. 아무튼 샤블리 와인을 같이 마시면서 남자에 대해서, 아일랜드 남자에 대해서 얘기하게 됐어. 남자들이 우리한테 뭘 원하는 걸까 내가 물어봤어. 신시아의 경험에 따르면 어떠냐고 말이야."

카헐은 벌떡 일어나고 싶었지만 억지로 가만히 앉아서 그녀를 마주 보았다.

"신시아가 뭐라고 했는지 알고 싶어?"

"잘 모르겠어." 그는 하마터면 웃을 뻔했다.

"아니면, 당신이 대답할 수 있어?"

"모르겠네." 그가 솔직히 말했다. "한 번도 생각 안 해봤어."

"그러니까 지금 생각해 보라는 거잖아."

카헐이 손을 뻗어 그녀의 접시를 들고 자리에서 일어나 자기 접시와 포개서 싱크대 옆에 놓은 다음 조리대에 기대어 섰다.

"정말 모르겠어." 그가 말했다. "신시아가 뭐래?"

"요즘은 좀 달라졌을지도 모르지만 당신 또래의 남자 절반은 그냥 우리가 입 닥치고 자기가 원하는 대로 해주길 바란대. 남자들은 제멋대로 살아서 뭐든 자기 마음대로 안 되면 한심하게 군대."

"그런가?"

카헐은 부인하고 싶었지만, 그가 한 번도 생각해 보지 않은 진실에 불편할 정도로 가깝다는 느낌이 들었다. 지금 당장 그녀가 입을 닥치고 그가 원하는 대로 해주는 것도 나쁘지 않겠다는 생각이 들었다. 카헐은 농담을 해야겠다고, 그러면 두 사람 사이에 끼어든 이물질을 제거할 수 있다고 생각했지만 아무 말도 떠오르지 않은 채 그 순간이 지나가 버렸고, 그녀가 고개를 돌렸다. 이것이 여자가 사랑에서 빠져나올 때의 문제였다. 눈을 가리고 있던 낭만이라는 베일이 걷혀서 당신을 들여다보고 읽을 수 있게 된다.

하지만 두 사람의 경우에는 거기서 그치지 않았다.

"또 어떤 남자들한테 우리는 씹년일 뿐이래." 그녀가 말을 이었다. "아일랜드 남자들이 여자를 그렇게 부르는 걸, 창녀니 암캐니 하는 걸 종종 듣는대. 와인 한 병을 다 비웠고 식사는 아직 안 했었지만 확실히 기억해. 이게 신시아가 해준 말이야."

"아, 우리나라에서 말하는 방식이 그래." 카헐이 말했다. "그냥 아일랜드의 관습이야. 보통 아무 의미도 없어."

"모니카, 그러니까 폴란드 출신 청소부가 신시아한테 그랬대. 그 건물에서 일하는 사람 중에서 크리스마스 때 카드 한 장 안 준 사람은 당신밖에 없다고. 정말이야?"

"몰라." 카헐은 정말로 몰랐다. 그는 그녀에게 무언가를 준 기억도 안 준 기억도 없었다.

"그거 알아? 내가 이 집에서 저녁을 만들었을 때 당신은 고맙다는 말을 한 번도 안 했어. 식재료를 산 적도 없고, 아침 식사를 차려준 적도 없어."

"오늘 저녁에는 내가 음식을 주문하고 돈도 냈잖아. 당신의 그 화려한 타르트에 들어간 체리도 전부 내가 샀고. 그리고 오늘도 종일 당신 물건 옮기는 걸 도와줬잖아."

"도와줬어, 아니면 보고만 있었어?" 그녀가 물었다. "그리고 리들에서 체리를 산 그날, 당신이 나한테 그랬지. 6유로도 넘는다고."

"그래서 뭐?"

"당신, 여성혐오의 핵심이 뭔지 알아? 결국 따지고 보면 말이야."

"그래서, 이제 내가 여성혐오자라는 거야?"

"안 주는 거야." 그녀가 말했다. "우리한테 투표권을 주지 말아야 한다고 믿든, 설거지를 돕지 말아야 한다고 믿든, 결국 파보면 다 같은 뿌리야."

"캐보면." 카헐이 말했다.

"뭐?"

"'파보면'이 아니라 '캐보면'이라고." 그가 말했다.

"봤지?" 그녀가 말했다. "이것도 결국 똑같잖아? 당신, 내 말이 무슨 뜻인지 정확히 알아들었잖아. 하지만 요만큼도

봐주질 못하는 거야."

그는 사빈을 보자 그녀의 눈빛에 비친 자신의 추한 모습이 또다시 보였다.

"내가 무슨 말을 하는지 아예 모르겠어?" 그녀는 진심으로 묻는 듯했고, 말다툼을 하려는 것이 아니라 대답을 듣고 싶은 것 같았다.

그러나 카헐은 더 말하지 않았다. 적어도 그가 생각하기에는 더 말하지 않았던 것 같다. 분위기가 너무 과열됐을 때 그녀의 눈에 대해서 비열한 말을 했을지도 모르지만, 그 생각은 하고 싶지 않았다. 사실대로 말하자면 그날 저녁의 기억이 별로 없었다. 나중에 설거지를 도와줄 필요가 없어서 기뻤다는 것밖에. 페달을 밟아 쓰레기통 뚜껑을 열고 이미 쌓여 있던 쓰레기 위에 중국음식 종이용기를 버린 다음 뚜껑을 닫으니 끝이었다.

4

 카헐이 거실로 돌아가 보니 저녁 8시가 넘었다. 그는 넷플릭스 시리즈를 보기로 했다. 주말 내내 몰아서 볼 생각이었지만 채널 4에서 무슨 기념식인지 기념일인지 때문에 다이애나 왕세자비에 관한 다큐멘터리가 나왔다. 그는 왕실에 관심을 가진 적이 없었지만 어느새 멍하니 보고 있었다. 살짝 구겨진 흰색 드레스를 입고 베일로 얼굴을 가린 왕세자비는 말이 *끄*는 마차에서 아버지와 함께 내린 뒤 고개를 돌려 군중에게 손을 흔든 다음 계단을 올라 긴 통로를 걸어가서 제단 앞에서 기다리는 남자와 결혼식을 올렸다.

혼인 서약을 하고 결혼반지를 교환하자마자 카헐은 반사적으로 리모컨의 되감기 버튼을 눌렀지만 뒤로 갈 수 없음을 깨달았다. 그때 마틸드가 들어왔고—고양이가 돌아온 것이 느껴졌다—그 직후 광고가 나올 때 화면이 약간 흐릿해지더니 눈이 따끔거렸다.

몸이 후끈해져서 양말을 벗어 바닥에 던지고 그대로 두었다. 그랬더니 너무 기분이 좋아서 다시 하고 싶어졌다. 하지만 그러는 대신 다이애나가 임신하고, 아들을 낳고, 또 아들을 낳는 프로그램 후반부를 보았다. 다큐멘터리가 끝으로 향하면서 그녀는 남편과 헤어지고 다른 남자, 돈 많은 이집트인을 만났고, 수영복 차림으로 다이빙대에 앉아 햇볕을 쬤다. 그다음에 파리의 터널에서 자동차 사고가 일어나고, 어린 두 아들이 영구차를 따라 걷고, 버킹엄 궁전 앞과 켄싱턴 지역에서 수많은 꽃이 놓여 썩었다.

크레디트가 올라가기 시작하자 카헐은 뭔가 달콤한 것이 먹고 싶어서 다시 부엌으로 갔다. 냉장고를 열고 살색 케이크를 꺼내서 보조 식탁에 놓았다. 그는 웨이트와처스 비닐을 뚫을 때 사용했던 스테이크 나이프로 케이크 윗부분을 잘라냈다. 그런 다음 샴페인을 꺼내서 포일을 벗기고 철사 고정물을 풀었다. 사빈은 탄산이 든 술을 좋아하지 않았기 때문에 샴페인은 처녀파티 날부터 줄곧 냉장고에 들어 있었다. 코르크가 빡빡하고 잘 안 움직였지만 양손 엄지로 계속 밀자 결국 지친 듯 작게 펑 소리를 내면서 튀어나왔다.

거실로 돌아온 카헐은 채널을 이리저리 돌렸다. 역시나 정말로 보고 싶은 프로그램이 없었다. 케이크를 마시다시피 먹고 샴페인을 느긋하지도 급하지도 않게 마시다 보니 케이크와 샴페인이 다 떨어졌다. 겪어본 적 없는 고통스러운 감정이 파도처럼 밀려왔지만 거의 끝나가는 하루를 지워주지는 않았다. 잠이라도 잤으면 좋았겠지만 잠도 오지 않았다.

결국 카헐은 핸드폰을 꺼내서 전원을 켰다. 대부분 스팸 메일인 이메일 몇 통과 문자 메시지 몇 개가 와 있었다. 그녀의 메시지는 없었다. 신랑 들러리를 맡아주기로 했던 남동생에게서 부재중 전화 한 통과 문자 메시지 하나가 와 있었다. 프랑스 창녀랑 헤어져서 오히려 잘됐어.

카헐은 답장을 하다가 자신이 쓴 메시지를 읽어보고, 지우고, 핸드폰을 다시 껐다.

잠시 후 그는 부드러운 쿠션에 머리를 기대고 꼬리에 꼬리를 무는 힘겨운 생각에 빠져서 애를 썼다. 그러다가 오래전 일이 떠올랐다. 어머니가 가스불 앞에 서서 버터밀크 팬케이크를 팬에서 뒤집어가며 만들고 있었다. 아버지가 식탁 상석에 앉고 카헐과 남동생이 양옆에 앉았다. 둘 다 20대 대학생이었고, 주말을 집에서 보내려고 빨랫감을 들고 온 참이었다. 어머니가 세 사람의 접시를 식탁으로 가져다주자 셋이서 먹기 시작했다. 어머니는 자기 접시를 들고 와서 자리에 앉으려고 했지만 동생이 손을 뻗어서 의자를 홱 빼버리는 바람에 바닥에 자빠졌다. 늦게 결혼한 어머니는 그때 예순 살에 가까운 나이였지만 아버지는 껄껄 웃었다. 세 사람 모두 실컷 웃었고, 어머니가 바닥에 떨어진 팬케이크와 깨진 접시 조각을 줍는 동안에도 계속 웃었다.

카헐은 마음 한구석으로 아버지가 다른 남자였다면, 그때 그 모습을 보고 웃지 않았다면 자기가 어떤 사람이 되었을까 생각했을지도 모르지만, 오래 생각하지는 않았다.

그는 별 의미 없는 일이었다고, 못된 장난이었을 뿐이라고 스스로에게 말했다. 더 이상 아무 생각도 할 수 없거나 하기 싫어져서 옆으로 누웠지만 적어도 한 시간은 지난 후에야 잠이 찾아왔고, 그는 어느새 잠의 위안과 새로운 어둠 속으로 빠져들었다.

잠에서 깼을 때는 자정이 지난 시각이었다. 텔레비전이 아직 켜져 있고 무슨 포커 대회에서 야구모자와 검은 선글라스를 쓴 남자들이 각자의 패를 가리고 있었다. 그는 잠시 앉아서 말이 거의 없는 남자들이 베팅을 하고, 양쪽에 걸고, 상대를 속이는 모습을 지켜보았다. 대부분은 지고 또 지거나 더 이상 지기 전에 패를 접었다. 카헐은 별 흥미도 없이 잠시 지켜보다가 텔레비전을 끄고 일어나 앉았다. 집 안의 정적에 귀를 기울이던 그는 마틸드가 안락의자에 앉아서 가르랑거리고 있음을 깨달았다. 카헐이 손을 뻗어 마틸드를 들어서 품에 안았다. 예상했던 것보다 훨씬 무거웠다. 그는 뒷문 밖으로 고양이를 내보내고 풀숲으로 들어가는 모습을 지켜본 다음 문을 잠갔다.

지금쯤 그들의 첫 춤은 이미 끝났을 것이고, 어쩌면 아클로 베이 호텔에서 새벽까지 춤을 추고 있었을지도 모른다. 그는 밤 11시에 내올 차와 간식 값을 지불했다. 각종 샌드위치, 비엔나소시지, 미니 볼로방*이 지금쯤 나와서 어떤 식으로든 두 사람과 인생을 함께해 온 사람들이 나눠 먹었을 것이다. 그가 절대 돌려받지 못할 돈이었다. 카헐은 마음 한구석으로 이런 반갑지 않은 생각을 멍하니 하다가 바닥에 놓인 빈 샴페인 병을 보고 술에 취했는지도 모른다고 문득 생각했다. 카헐은 체리를, 그가 청혼한 날 저녁에 사빈이 반으로 갈라 씨를 뺐던 체리를 생각했다. 또 그녀가 타르트를 어떻게 만들었는지, 그가 체리값 6유로를 언급했다가 어떤 대가를 치렀는지 생각했다. 그런 다음 그 클라푸티를, 결국 가장자리는 타고 가운데는 덜 익었던 타르트를 생각했다. 마음 깊은 곳 어딘가에서 이상한 소리가, 웃기다고 할 만한 소리가 들렸다. 사랑에 빠진 여자는 저녁을 태우고 사랑이 식은 여자는 덜 익은 요리를 내놓는다는 말이 있지 않았나?

* vol-au-vent. 가벼운 파이지에 고기, 생선 등을 넣어서 구운 요리.

카헐이 커튼을 걷으니 창문이 활짝 열려 있었다. 에어바운스 궁전은 그대로 있었지만—가로등 불빛 아래 똑똑히 보였다—아이들은 없었다.

"썹년." 그가 말했다.

정확히는 그녀에게 갖다 붙일 수 없는 말이었지만, 그래도 그렇게 말할 수는 있었다. 그렇게 부를 수는 있었다.

정적 속에 1, 2분쯤 서 있으려니 무슨 소리가 들렸다. 말벌이 들어와서 거실을 지그재그로 날아다니며 여기저기 부딪쳤다. 그는 바닥에서 닦지 않은 구두 한 짝을 집어 들고 천장 등을 켠 다음 말벌을 쫓아 두서없고 예측 불가능한 움직임을 졸졸 따라갔다. 격렬한 분노가 혈관을 타고 흘렀다. 소파 팔걸이에 올라서서 말벌을 잡으려다가 놓친 카헐은 층계참에서 스친 외국인 청소부 모니카를, 원래는 결혼식 날이었을 오늘 저녁에 옆을 지나치는 자신을 그녀가 어떻게 보았는지 생각했다. 그리고 신시아를, 아침에 신시아가 지었던 미소를, 그녀가 자기한테 아무 말도 없이 사빈을 셸번 호텔로 데려간 것을 생각했다.

"빌어먹을 썹년들." 다른 년들을 더하니 더 괜찮게, 더 세게 들렸다.

그는 말벌을 쫓으면서 더 크게, 더 용감하게 팔을 휘둘렀고, 말벌이 그를 피해 창문으로 다시 날아가자 창유리와 창틀 사이로 몰아서 죽였다.

죽은 말벌을 바깥에 버리고 창문을 닫자 마음이 약간 가라앉은 카헐은 아래층 화장실에서 소변을 한참 눴다. 변기 뚜껑을 올릴 필요가 없어서, 다시 내리고 손을 씻거나 씻은 척할 필요가 없어서 살짝 의기양양해졌다. 하지만 기쁨은 금방 사라졌고, 그는 계단을 겨우겨우 올라갔다.

카헐은 계단을 올라가면서 어느새 난간을 붙잡고 있었고, 뻣뻣한 몸을 억지로 이끌고 올라가고 있음을 깨달았다. 샴페인 탓이 아님을 알았지만 어느새 샴페인을 탓하고 있었다. 그러자 어딘가에서 읽은 끝에 관한 문장이 떠올랐다. 나쁘게 끝나지 않았다면 아직 끝난 게 아니라고 했다.

그는 침실로 들어가서 셔츠 단추를 풀고 바지를 벗고 누웠지만 눈을 감고 싶지 않았다. 결국 눈을 감으니 옷장 문틈으로 비어져 나온 예복 셔츠의 흰 소매가, 뜯지도 않고 현관 탁자에 쌓아둔 축하카드 더미가, 사빈이 그에게 굳이 보여주었던 웨딩드레스가, 그가 결코 갖지 못할 아들들이, 반품할 수 없었던 탓에 침대 옆 탁자에 놓인 상자 안에서 반짝이고 있는 환불 불가 다이아몬드 반지가 더욱 뚜렷하게 보였다. 그리고 그녀가 또다시, 아주 또렷하게, 그렇게 뒤늦게, 생각이 바뀌었다고, 그와 결혼하고 싶지 않다고 말하는 것이 들렸다.

길고 고통스러운 죽음

그녀가 마침내 애킬섬으로 가는 다리를 건넜을 때는 새벽 3시였다. 드디어 마을이 나왔다. 어부 협동조합, 철물점 겸 식료품점, 불그레한 석조 교회까지 모든 건물이 흐릿하게 타오르는 가로등 아래 문이 잠긴 채 고요했다. 그녀는 어두운 대로로 차를 계속 달렸다. 양옆에 키 큰 진달래 덤불이 난잡하게 자랐지만 꽃은 지고 없었다. 사람 하나, 불 밝힌 창문 하나 보이지 않았다. 다리가 까만 양들이 잠들어 있었고 나중에는 전조등 불빛 속에서 꼼짝도 않고 무섭게 서 있는 여우를 보았다. 길이 점점 가팔라지다가 구부러지더니 넓고 텅 빈 도로가 나왔다. 드넓은 바다가, 이탄지*가 느껴졌다. 거대하고 탁 트인 공간이었다. 어느 쪽이 더고트로 접어드는 길인지 안내되어 있지 않았으나 그녀는 자신 있게 북쪽으로 꺾어서 아무도 살지 않는 도로를 지나 뵐 하우스Böll House로 갔다.

오는 길에 두 번이나 갓길에 차를 세우고 잠깐 눈을 붙였지만 섬에 들어오자 정신이 말똥말똥해지고 온전히 살아 있는 기분이 들었다. 해변으로 가파르게 떨어지는 칠흑같이 까만 길까지도 생기가 가득한 느낌이었다. 그녀는 높고 든든한 산과 헐벗은 언덕, 그리고 저 아래 도로가 끝나는 곳에서 선명하고 기분 좋게 철썩이는 대서양의 존재를 느꼈다.

관리인에게 열쇠가 어디 있는지 미리 들었으므로 가스통 주변을 열심히 더듬었다. 열쇠고리에 열쇠가 여러 개 달려 있었지만 처음 고른 것이 맞았다. 안으로 들어가 보니 내부를 새로 수리해 놓았다. 부엌과 거실을 터서 길고 탁

---

* 완전히 탄화할 만큼 오래되지 않은 석탄의 일종으로 연탄의 원료이며, 난방 연료로도 쓰이는 이탄泥炭이 얕은 물에 잠겨 있거나 물을 흥건히 머금고 있는 토지.

트인 공간으로 만들었다. 한쪽 끝의 회반죽 바른 벽난로는 그대로였지만 반대쪽에는 새 싱크대와 찬장을 짜 넣었다. 그 사이 공간에 소파와 소나무 탁자, 그에 어울리는 딱딱한 의자가 몇 개 있었다. 그녀는 수돗물을 틀어 차 우릴 물을 끓이고, 양동이에서 이탄을 꺼내 난로에 불을 지피고, 소파에 임시 잠자리를 만들었다. 창유리 바로 바깥의 푸크시아 덤불이 이른 새벽 속에서 반짝이며 흔들렸다. 그녀는 옷을 벗고 누워서 책으로 손을 뻗어 체호프 단편의 첫 문단을 읽었다. 좋은 문단이었지만 끝까지 읽으니 눈이 자꾸 감겨서 기분 좋게 불을 껐다. 내일은 온전히 그녀의 것이 되리라. 일하고 책을 읽고 도로 끝 해안까지 걸어가 볼 것이다.

그녀는 잠에서 깨어나며 꿈의 꼬리가—비단 같은 느낌이—사라지는 것을 느꼈다. 잠은 길고 무척 만족스러웠다. 그녀는 주전자에 물을 끓이고 차에서 짐을 가져왔다. 많이 챙겨 오지 않았다. 책 몇 권과 옷 몇 벌, 식료품이 담긴 작은 상자. 공책과 알아보기 힘든 메모가 적힌 종이도 몇 장 있었다. 하늘은 흐렸지만 곧 갤 듯했고 군데군데 파랗게 물들었다. 저 아래 바다에서 리본 같은 물이 투명한 파도를 만들더니 해안에 부딪쳐 조각조각 부서졌다. 그녀는 독서가, 일이 무척 간절했다. 며칠이고 자리에 앉아 책을 읽고 일하면서 아무도 만나지 않아도 될 것 같았다. 그녀가 일에 대해 생각하며 정확히 어떻게 시작할까 고민하는 차에 집 전화가 울렸다.

벨이 여러 번 울리다가 조용해지더니 곧 다시 울리기 시작했다. 그녀는 전화를 받기 위해서라기보다 벨 소리를 멈추려고 손을 뻗었다.

"여보세요?" 어떤 남자가 외국 억양으로 말했다. "저는 ……입니다." 외국 이름이었다.

"그런데요?"

"당신이 거기 머물고 있다고 위원장에게 들었습니다. 저는 독문학 교수입니다."

"아." 그녀가 말했다.

"제가 집을 좀 봐도 될까요? 당신이 보여줄 거라던데요."

"글쎄요." 그녀가 말했다. "저는—"

"아, 일하고 계십니까?"

"일이요?" 그녀가 말했다. "네, 일하고 있어요."

"그런가요?" 그가 말했다.

"이제 막 도착해서요." 그녀가 말했다.

"위원장이랑 이야기했는데 당신이 보여줄 거라고 했습니다. 저는 지금 벨 하우스 바로 앞에 서 있고요."

그녀가 창가 쪽으로 몸을 돌리고 상자에서 초록 사과를 하나 꺼내 들었다.

"옷도 갈아입어야 하고요." 그녀가 말했다. "일하는 중이라서요."

"방해였군요." 그가 말했다.

그녀가 싱크대를 들여다보자 철판에 햇살이 반사되었다. "다른 날 오시면 안 될까요?" 그녀가 말했다. "토요일은 어떠세요?"

"토요일이요." 그가 말했다. "그땐 제가 여기 없는데요. 그때는 떠나야 하지만 지금은 벨 하우스 앞에 서 있습니다."

그녀는 잠옷 차림으로 사과를 들고 서서 바깥에 서 있을 남자를 생각했다. "오늘 저녁에는 근처에 계시나요?"

"네." 그가 말했다. "오늘 저녁은 괜찮으십니까?"

"8시에 오시면 제가 집에 있을게요." 그녀가 말했다.

"그러면 내가 다시 와야 합니까?"

"네." 그녀가 말했다. "다시 오셔야 해요."

그녀는 전화기를 내려놓고 빤히 바라보면서 왜 받았을까, 그쪽에서 전화번호를 왜 알려줬을까 생각했다. 여기 전화가 있다는 사실 자체에 잠시 화가 났다. 멋진 날로 시작해서 아직 멋진 날이었지만 뭔가 바뀌었다. 이제 약속이 생겼으므로 오늘 하루가 독일인의 방문을 향해서 흘러갈 수밖에 없었다. 그녀는 욕실로 가서 이를 닦으며 바깥에 서 있는 그를 생각했다. 얼른 옷을 갈아입고 나가서 들어오라고 하면 오늘은 다시 그녀의 날이 되리라. 하지만 그녀는 밖으로 나가는 대신 불가에 앉아서 화격자의 재를 쑤석이며 벽난로 선반에 놓인 커다란 유리 물병을 바라보았다. 해안으로 걸어 내려가서 덤불의 푸크시아를 꺾어다가 그가 오기 전에 빨갛고 달랑거리는 꽃을 저 병에 꽂아야겠다. 그리고 긴 목욕을 할 것이다. 그녀는 손목시계가 어디 있는지 찾다가 몇 분 뒤에야 어제 입은 청바지 주머니에서 찾아냈다. 그녀는 하얀 문자반을 1분 내내 바라보았다. 이제 이 날, 그녀의 서른아홉 번째 생일이 막 정오를 지났다.

그녀는 얼른 일어나서 뵐의 서재로 갔다. 안 쓰는 벽난로와 바다가 내다보이는 창문이 있는 작은 방이었다. 지금은 유명해진 일기를 썼다는 곳이 바로 이 방이지만 그것도 50년 전의 일이었다. 하인리히 뵐이 세상을 떠났고 유족이 이 집을 작가들을 위한 작업 공간으로 남겼다. 그리고 이제 그녀가 2주 동안 여기에서 일하게 되었다. 그녀는 천을 적셔서 책상을 닦고 공책과 사전, 종이, 만년필을 올려놓았다. 이제 커피만 있으면 된다. 그녀는 부엌으로 가서 식료품 상자를 뒤졌다. 그런 다음 찬장을 더 오래 뒤졌지만 커피가 없었다. 우유도 필요했지만—곧 떨어질 것이기에—그녀는 오로지 일하고 싶은 생각밖에 없었다. 그녀는 이런 생각을 하면서 열쇠를 집어 들고 차를 몰아 다시 사운드 마을로 갔다.

그곳에서 그녀는 지체 없이 커피와 우유, 불쏘시개, 케이크 믹스, 크림 약 500밀리리터와 신문을 샀다. 돌아오는 길에 햇살이 너무 강렬해서 그녀는 집으로 곧장 가는 대신 남쪽으로 차를 돌려 집이 거의 없고 덤불도 하나 없는 애틀랜틱 차도를 따라 차를 달렸다. 겨울에 이런 동네에 살면 어떨지 생각해 보았다. 넘불을 꺾고 해변의 모래를 흩날리는 거센 바람, 안개와 가차 없는 비, 갈매기의 차가운 비명. 마침내 겨울이 끝나면 그 모든 것이 얼마나 극적으로 변할까.

도롯가에서 작고 통통한 암탉이 뭔가 뚜렷한 목적을 가지고서 목을 쭉 빼고 돌을 디디며 길을 따라 걸었다. 정말 예쁜 암탉이었다. 집을 나서기 전에 파우더라도 바른 것처럼 깃털 끝이 하얬다. 암탉이 풀로 뒤덮인 가장자리로 뛰어내리더니 왼쪽도 오른쪽도 보지 않고 달려서 도로를 건넌 다음 잠시 멈춰 날개를 다시 정리하고는 절벽을 향해 똑바로 질주했다. 그녀는 절벽 끝에 도착한 암탉이 고개를 숙이더니 잠시도 망설이지 않고 뛰어내리는 모습을 지켜보았다. 절벽 밑을 내려다보고 싶지 않은 마음도 있었지만 막상 내려다보니 별로 멀지 않은 곳에 풀로 뒤덮인 널따란 바위가 튀어나와 있고 아까 그 암탉을 비롯한 닭 여러 마리가 모래 구덩이에서 몸을 긁거나 만족스럽게 누워 있었다.

그녀는 한동안 그 자리에 서서 재미있게 지켜보다가 넓

고 푸른 하늘 아래 너무나 넓고 푸른 바다를 보았다. 저 앞에 작은 만(灣)이 있고 흰 절벽 아래에 깊고 깨끗한 물웅덩이가 있었다. 그녀는 차에서 내려 양 떼가 다니는 길을 따라서 만을 향해 걸어갔지만 길이 곧 사라졌고 가파르고 무서운 내리막이 나왔다. 그녀가 선 자리에서 전부 다 보였다. 완벽한 깊이의 웅덩이, 바위, 수면 아래 뒤얽힌 거무스름한 해초. 그녀는 왔던 길을 다시 올라가 만 반대편으로 가서 이탄지에서 흘러나오는 갈색 시냇물로 이어지는 다른 길을 찾아냈다. 평평한 갈색 돌을 조심조심 디디며 미끄러운 길을 따라가자 하얀 햇살이 내리쬐는 만이 나왔다.

높은 파도에 쓰레기가 밀려들어 왔지만 그녀의 주변은 온통 표백된 돌들이 층층이 쌓여 반짝거렸다. 이렇게 예쁜 돌은 본 적이 없었다. 움직일 때마다 발밑에서 델프트 도자기처럼 덜걱거렸다. 그녀는 이 돌들이 얼마 동안 여기 있었을까, 어떤 종류일까 궁금했지만 그게 뭐가 중요할까? 그녀가 그러는 것처럼 이 돌들도 지금 여기에 있었다. 그녀는 주위를 한번 살피고 아무도 보이지 않자 옷을 벗고 물가의 거칠고 축축한 돌에 어색하게 발을 내디뎠다. 물은 상상했던 것보다 훨씬 따뜻했다. 수심이 갑자기 깊어지는 곳까지 걸어가니 미끈거리는 해초가 허벅지에 닿아서 오싹했다. 물이 갈비뼈까지 올라오자 그녀는 심호흡을 하고 뒤로 누워서 멀리 헤엄쳐 갔다. 바로 이 순간 자신이 인생에서 해야 할 일이 바로 이것이라고, 그녀는 스스로에게 말했다. 그녀는 수평선을 바라보며 어느새 진정으로 믿지 않는 무언가를 향해 감사를 드리고 있었다.

이제 웅덩이가 넓어져서 바다와 이어지는 곳에 다다랐다. 그녀는 이렇게 깊은 물에 들어와 본 적이 없었다. 더 멀리 나아가고 싶은 마음이 간절했지만 꾹 참고 한동안 둥둥 떠다니다가 해안으로 헤엄쳐 돌아와서 따뜻한 돌 위에 누웠다. 그때 저 높이 절벽 위에 누가 있다는 느낌이 들었지만 햇빛 때문에 잘 보이지 않았다. 그녀는 살갗이 마를 때까지 누워 있다가 얼른 옷을 입고 가파른 길을 다시 올라 자동차로 돌아왔다.

집으로 돌아온 그녀는 작업에 대해 생각하면서 다크 초콜릿 케이크를 만들었다. 처음부터 다 만든 것은 아니고 케이크 믹스를 이용했다. 그릇에 케이크 믹스를 부은 다음 달걀과 기름, 물만 넣으면 끝이었다. 그녀는 반죽을 섞어 틀에 부으면서 마음 한구석으로 다시 독일인의 방문을 생각했다. 어떻게 생긴 사람일까, 키는 얼마나 클까 잠시 상상했다. 유머 감각이 있으리라 기대하지는 않았지만 하인리히 뵐과 관련한 흥미로운 이야기를 해줄지도 모르는 일이었다. 그녀는 지금 머무는 집의 옛 주인에 대해 아는 것이 너무 없어서 왠지 난처하고 부끄러웠다.

4시가 되자 그녀는 길을 따라 개신교 교회를 지나 바다로 갔다. 교실 한 칸짜리 학교가 서 있고 운동장에 북슬북슬 죽은 엉겅퀴가 가득했다. 거기에 서 있는데 갑자기 바람이 불어 엉겅퀴 씨앗이 몇 개 날리더니 눈앞에서 둥둥 떠다녔다. 길 끝까지 걸어가자 평범하고 텅 빈 별장 몇 채가 모여 서 있고 바람에 재가 다 날아가서 텅 비어버린 재 통이 있었다. 바닷가가 추웠던 탓에 그녀는 돌아서서 언덕을 다시 올라가며 덤불에서 푸크시아를 몇 송이 꺾었다. 가느다란 가지 몇 개는 쉽게 부러져서 깔끔하게 꺾였지만 몇 송이는 끈질기게 붙어 있어서 맨손으로 비틀어 꺾어야 했다. 그녀는 축 늘어진 선명한 빨간색 꽃과 억세고 뾰족뾰족

한 잎이 좋았다. 집으로 돌아온 그녀는 걸음을 잠시 멈추고 표지판을 보았다. 이 집에서 지내는 예술가의 사생활을 존중해 주세요. 그녀는 글귀를 보며 잠시 서 있다가 마당으로 걸어 들어가서 양이 들어오지 못하도록 대문을 닫았다.

집 안으로 들어간 그녀는 커다란 유리 물병에 물을 채우고 푸크시아를 대충 꽂아 부엌 식탁에 올려놓았다. 그런 다음 얇게 썬 토마토와 치즈로 가벼운 저녁을 만들어 식탁에 앉아서 어제 사 온 빵과 함께 먹고 레드와인을 한 잔 마셨다. 다 먹은 다음에는 접시를 헹궈 치우고 불을 피우고 체호프의 단편을 다시 손에 들었다.

어떤 여자의 이야기였는데, 그녀의 약혼자는 일정한 직업이라 할 것도 없지만 음악을 하는 것으로 알려져 있다. 이제 남자가 약혼녀를 함께 살 집으로 데려가서 구경시켜 주는 부분에 다다랐다. 남자는 다락방에 물탱크를 설치하고 침실에 차가운 물이 나오는 세면대를 설치했다. 벽에 걸린 금빛 액자에 나신의 여성과 손잡이가 부러진 자줏빛 물병이 그려진 그림이 있었다. 곧 신부가 될 여자는 이 그림이 왠지 역겨웠다. 여주인공은 매 순간 눈물을 터뜨리거나 창밖으로 몸을 던져 도망치고만 싶었다. 이 단편을 읽으니 왠지 언젠가 그녀에게 같이 살자고 했던 별거 중인 남자와의 사랑이 식었던 때 어떤 마음이었는지가 떠올랐다. 그는 자기 기분을 반대로 말할 때가 많았다. 그렇게 말하면 진실이 되리라는 듯이, 또는 진실이 아니라는 사실을 숨길 수 있다는 듯이.

"사랑해." 그는 종종 말했다. "당신을 위해서 못 할 일은 아무것도 없어." 종종 이렇게도 말했다.

한번은 두 사람이 외출 준비를 하는데 그녀가 머리를 올려서 핀으로 느슨하게 고정하고 긴 벨벳 원피스를 입은 일이 있었다. 당시 그녀는 20대였고 지금보다 날씬했다. "당신 모습이 마음에 들어." 그날 밤 남자가 그렇게 말했지만 그녀는 사실이 아님을 알았다. 그는 그녀가 짧은 치마에 하이힐을 신고 머리를 풀고 입술을 빨갛게 칠하는 편을 더 좋아했다.

이제 그녀는 목욕물을 받으면서, 열린 창으로 구름 같은 수증기를 내보내면서 그를 생각했다.

"나에게 주고 싶지 않은 게 있어?" 한번은 그녀가 이렇게 물었다.

"아니." 그가 즉시 말했다. "아무것도 없어."

무슨 이유에선지 그녀는 그를 빤히 보며 기다렸다.

"글쎄." 그가 목청을 가다듬으며 말했다. "땅은 모르겠다. 당신한테 땅은 주고 싶지 않을 거 같아."

그녀는 항상 알고 있었다. 그가 신경쓰는 것은 오로지 땅밖에 없었다. 이제 그녀는 뜨거운 물에 로즈오일을 조금 넣고 체호프 단편 속의 여자를, 남자 주인공이 침실 세면대에 물이 나오는 것을 보고 느꼈던 기쁨을 다시 보았다. 그녀는 책을 집어 들고 읽던 페이지를 펼친 다음 욕조에 누워서 마지막 문장까지 전부 꼼꼼하게 읽었다. 결국 여자는 약혼자와 결혼하지 않고 상트페테르부르크로 가서 대학에 들어간다. 그녀가 고향으로 돌아왔을 때 동네 남자애들이 울타리 너머에서 "약혼녀다! 약혼녀다!"라고 소리치며 놀렸지만 그녀는 신경도 쓰지 않았고, 마지막에는 가족에게 다시 작별을 고하고 기분 좋게 도시로 돌아갔다.

이제 그녀는 물이 점점 식어가는 욕조에 누워서 열린 창문 밖을 내다보았다. 창문 너머로 파란 하늘과 헐벗은 언덕이 보였다.

"서른아홉 살이네." 그녀가 말하자 그 목소리가 타일을 바른 욕실에서 크고 멍청하게 울렸다.

7시에 그녀는 글을 쓰고 싶다는 강렬한 충동을 느꼈지만 독일인 교수 때문에 그럴 수는 없다고 스스로에게 말했다. 글을 쓰기 시작해서 막 몸이 풀리기 시작할 때쯤 그가 와서 일을 방해할 것이고, 그러면 일을 중간에 멈춰야 할 것이다. 그녀는 일단 일을 시작하면 멈추고 싶지 않았다.

그래서 그녀는 거울을 보면서 머리를 느슨하게 올린 다음 옷을 갈아입었다. 탁 트인 거실에서 불에 이탄을 더 넣고 크림을 휘저었다. 그런 다음 큰 그릇을 들고 밖으로 나가 집 주변을 돌면서 가시덤불에서 블랙베리를 땄다. 그릇이 가득 찼을 때 그녀는 저 멀리 언덕 위를 보았다. 처음 보는 새하얀 구름이 벼랑 끝을 단단히 끌어안고 있었다. 꼭 언덕에 불이 났다가 꺼져서 연기가 피어오르는 것 같았다. 그녀는 블랙베리를 씻어서 설탕을 넣고 으깨 케이크 안을 채웠다. 그런 다음 자기 눈에는 그럴듯해 보이는 케이크를 부엌 식탁에 올려놓았다. 그녀는 흰 잔과 잔 받침, 작은 접시와 숟가락, 포크 두 개를 꺼내 차렸다.

문 두드리는 소리가 났을 때 그녀는 밖에선 보이지 않는 곳에 서 있었고, 그가 다시 문 두드리는 소리를 들었다. 그녀는 한 번 더 기다린 다음 가서 문을 열었다.

줄무늬 셔츠와 헐렁한 카키색 바지를 입은 키 작은 중년 남자가 서 있었다. 숱 많은 백발이었고 장식 십자가를 긴 줄에 매달아 목에 걸고 있었다.

"안녕하세요." 그녀가 손을 내밀며 말했다.

"친절하시군요." 그가 말했다. "제가 방해했는데요."

"전혀 아니에요." 그녀가 말했다. "전혀 수고스럽지 않아요. 전혀요."

"정말입니까?" 그가 말했다.

"물론이죠." 그녀가 말했다. "전혀 수고스럽지 않아요."

그녀는 어색하게 입을 열고 두 사람이 서 있는 방에 대해서 자신이 아는 얼마 안 되는 정보를 이야기하기 시작했지만 그가 아직 준비되지 않았다. 남자가 한 손을 들더니 작은 가방에서 면세점에서 파는, 흰색 보호망에 감싸인 500밀리리터짜리 쿠앵트로를 꺼냈다.

"이 집에 주는 선물입니다." 그가 말했다.

"정말 친절하시군요." 그녀가 병을 꺼내서 감탄하는 척 보다가 식탁 위 케이크 옆에 놓았다.

"수고를 많이 하셨네요." 남자가 케이크를 보며 말했다.

"아무것도 아니에요." 그녀가 이렇게 말하다가 만약 케이크를 주지 않으면 남자가 어떻게 반응할까 문득 생각했다. "여긴 이 집 중에서도 오래된 부분이에요." 그녀가 말을 이었다. "다른 부분은 더 나중에 지어졌죠."

그가 잠시 방을 둘러보았다. 벽, 이탄, 벽난로에 놓인 사진들, 푸크시아. 그는 이곳에 전혀 관심이 없어 보였기 때문에 예전에 이미 다 본 것이 아닐까 싶었다. 그녀가 뵐의 서재를 보여주자 그가 창밖으로 어둑해지는 하늘을 바라보았다.

"이게 그 유명한 창문이군요."

"네, 저 아래쪽이 바다예요." 그녀가 유리창 바깥을 가리켰다.

그가 뵐의 사진을, 벽에 걸린 액자 속 편지를 흘끔거렸다. 또 그녀의 공책을, 책상에 놓인 종이를 흘끔거린 다음 그녀를 따라 복도의 다른 방들을 지나치며 완전히 텅 빈 방을 보듯이 들여다보았다. 마지막 방에는 창문 아래 길쭉한 나무 벤치가 놓여 있었다. 그녀는 이곳이, 아무것도 없고 작업이 진행 중인 듯한 느낌이 좋았다. 화가들이 가끔 쓰는 방이었다. 벤치에 유리병이 몇 개 있고 접이식 의자에 빨간 물감이 묻어 있었다. 제일 안쪽 벽에 산악자전거를 기대 세워 놓았는데 뒷바퀴에 바람이 빠져 있었다.

"당신이 이 자전거를 탑니까?" 거의 힐난하는 말투였다.

"전 이게 여기 있는 줄도 몰랐어요." 그녀가 말했다. "이 집 물건이에요."

그러자 그가 문틀에 몸을 기대고 한숨을 쉬었다. 그녀는 그의 머리카락이 축축한 것을 깨닫고 수영을 하다가 온 것이 아닐까 생각했다. 아까 그녀가 만에 내려갔을 때 절벽 위에 서 있던 사람이 그가 아니었을까.

"그러니까, 문학 교수님이시라고요." 그녀가 얼른 말했다.

"교수였습니다. 지금은 은퇴했어요." 그가 말했다.

"학생들 가르치던 시절이 그리우신가요?"

"오래전입니다." 그가 가죽 가방을 더듬으며 말했다. "여기서 글을 씁니까? 일하고 있어요?"

"네." 그녀가 말했다. "당신은요? 글을 쓰세요?"

"제 안에는 쓸 게 많이 남아 있지 않습니다." 그가 말했다. "시간이 부족해요."

이 말을 하는 태도 때문에 그녀는 그가 불치병에 걸린 것이 아닐까 생각했다. 그의 얼굴에 병색이 있는지 살폈지만 아무것도 찾지 못했다. 그는 건강한 얼굴과 분노에 찬 푸른 눈을 가지고 있었다.

"뭘 쓰세요?" 그녀가 말했다.

"아, 작은 거, 짧은 거요." 그가 말했다.

"단편소설이요?"

"아니, 아니에요." 그가 말도 안 된다는 듯 말했다. "그거보다는 길지만 난 시간이 없어요. 뭐든지 시간이 너무 많이 걸려요."

"그렇군요." 그녀가 말했다.

"많은 사람들이 여기 오고 싶어 하지요." 그가 말했다. "지원서를 봤어요. 여기 오고 싶다는 지원서가 많아요." 그가 양팔을 벌리고 한쪽 손에서 반대쪽 손까지, 그 사이의 빈 공간을 보았다. "아주, 아주 많더군요."

"알아요, 여기서 일할 수 있다니 제가 운이 좋았죠." 그녀가 이렇게 말하고 거실 겸 부엌 쪽으로 다시 걸어가자 그가 바짝 따라왔다.

이제 불이 활활 타올라서 거실 겸 부엌이 다른 곳보다 따뜻했다. 교수는 앉으라고 권하지도 않았는데 그녀가 자기 자리라고 생각했던 의자에 앉아서 잔 받침에 뒤집혀 있던 찻잔을 똑바로 놓았다. 그녀는 난로에 이탄을 더 넣으면서도 누워 자고 싶은 마음이 간절했다.

"술을 좀 드실 거죠?" 그녀가 말했다.

"아니, 아닙니다." 그가 말했다. "운전해야 합니다." 그는 푸크시아를 보고 있었다.

"그럼 차는요? 차랑 케이크는 드셔야죠."

"수고가 많으시네요."

"전혀 수고스럽지 않아요."

그녀는 이 말이, 이 말을 하는 것이, 그가 그 말을 하게 만드는 것이 지겨웠다. 그녀는 차를 우리고, 우유와 설탕을 내놓고, 케이크를 큼지막하게 한 조각 잘랐다. 그의 앞에 케이크를 놓자 남자가 미소를 지었다.

"당신이 만들었습니까?"

"네." 그녀가 말했다. "제가 만들었어요."

그가 얼굴을 찌푸리며 한 입 먹더니 한 입 더 먹었고, 그녀가 자리에 앉았을 때는 한 조각을 이미 다 먹어치웠다. 그녀가 한 조각 더 잘라 주자 그것도 먹었고, 차에 우유와 설탕을 잔뜩 넣어서 마셨다.

"아일랜드는 예전 같지 않아요." 그가 말했다. "여기 사람들은 가난했지만 다들 만족했죠."

"가난한 사람이 만족하는 게 가능하다고 생각하세요?"

그가 어깨를 들었다가 내렸다. 아이 같은 반응이었다. 그는 대화를 이끌지도 못하고, 대답도 못하고, 대화가 없는 것에 만족하지도 못했다. 그녀는 이 남자가 최소한 잡담은 나눌 수 있겠지 생각했고, 좋은 대화는 전부 잡담에서 시작한다는 것의 그녀의 개인적인 지론이었다. 그녀는 그가 정말로 아픈 게 아닐까, 곧 죽는 것이 아닐까 생각했다. 그가 임종의 자리에 누워 있는 모습을 생각했지만 전혀 불쌍하지 않았다.

"우린 충분히 오랫동안 가난했어요." 그녀가 말했다.

"당신은 가톨릭 신자입니까?" 그가 물었다.

"가톨릭 신자로 자랐죠."

"하지만 지금은요? 믿으십니까?"

"이제는 제가 뭘 믿는지 모르겠어요." 그녀가 간단하게 말했다.

"나도 당신 같았습니다. 신앙이 없었지요. 그러다가 신앙을 발견했어요."

그가 이렇게 말할 때 그녀가 그를 보았다. 그리고 그의 목에 걸린 십자가를 보았다. 또 남은 케이크를 보면서 사운드 마을까지 갔다가, 밖에 나가서 베리를 따고, 이 케이크를 만드느라 시간을 얼마나 썼는지 생각했다.

"여기서 많은 사람들이 일하고 싶어 하지요." 그가 말했다.

"이제 여기 사람들도 일을 할 수 있어요." 그녀가 말했다. "얼마 전까지만 해도 일자리를 찾을 수 없었지만요."

"아니요." 그가 손가락으로 식탁을 톡톡 치며 말했다. "여기 이 집에서 일하는 거 말입니다." 그가 말했다.

"아." 그녀가 말했다. "네."

"아주 많은 사람들이요." 그가 말했다.

긴 침묵이 자라더니 단단해졌다. 그녀는 그가 정확히 뭘 원하는 걸까 생각했다. 그는 그녀를 빤히 보면서 대답을 기다리고 있었다.

"그러면 아름다운 지원자에게 기회를 줘야겠네요." 그녀가 이렇게 말하고 웃었다.

"그렇게 생각합니까?" 그가 얼굴을 찌푸리고 그녀의 얼굴을 보았다. 그녀의 얼굴을 샅샅이 살피더니 고개를 저었다. "아니에요." 그가 말했다. "제 아내를 보셨어야 합니다. 내 아내는 아름다웠어요."

그런 다음 그는 아내에 대해서 이야기를 계속했을 것이다. 이야기를 전부 다 들려주었을 것이다. 그녀가 그의 잔과 접시를 천천히 집어서 싱크대에 내려놓고 물을 틀지 않았다면 말이다. 그녀는 접시와 잔을 헹궈서 식기세척기에 넣고 문을 닫은 다음 절반도 차지 않았지만 기계를 작동시켰다. 그러고 나서 젖은 행주로 조리대를 닦고 싱크대 앞에 서서 아무 말도 하지 않았다. 그는 가기 싫은 것 같았지만 자기가 그만 나가주길 바란다는 사실을 확실히 깨달았을 것이다. 그녀는 조리대에 기대어 서서 팔짱을 꼈고 더 이상 대화하려 애쓰지 않았다. 그녀는 거의 고통스러워질 때까지 그렇게 서 있었고, 드디어 그가 일어섰다.

두 사람이 문으로 천천히 걸어갔다. 그녀는 빗장을 열면서 그가 자신을 내보낸 다음 문을 잠가버릴 것 같다는 이상한 생각이 들어서 그를 먼저 내보내고 뒤따라 나갔다.

밖으로 나가니 밤이 벌써 내려앉았고 푸크시아 덤불이 밤바람을 맞으며 다시 찬란하게 떨렸다. 그녀는 남자를 대문 밖으로 안내하면서 그가 무슨 말을 하고 싶어 한다는 느낌이 들었다. 그녀는 대문 가까이 서 있고 그는 바로 옆 도로에 서 있었다. 그녀는 가방에서 열쇠를 꺼내는 남자를 보며 그가 말하기를 기다렸다. 저 아래 바닷가에서 파도 소리가 들렸다. 파도가 세 번 철썩거리며 부딪친 뒤에 그가 말했다.

"이 사람들—심지어는 학술회의에 참석하는 독일인들도 말입니다." 그가 말했다. "우리는 서로를 이해 못 해요."

"그런가요?"

"온통…… 전문용어예요. 우리는 상관 안 해요. 우리는 글을 쓸 수가 없어서 그러는 건데, 그런데 당신은 작가라면서 하인리히 뵐의 집에서 케이크나 만들고 있군요."

그녀가 숨을 들이마셨다. "뭐라고요?"

"하인리히 뵐의 집에 와서 케이크나 만들고 옷도 안 입고 수영이나 한다고요!"

"무슨 말씀이세요?"

"내가 매년 찾아오는데, 항상 똑같아요. 대낮에 잠옷이나 입고 돌아다니고, 자전거 타고 술집이나 가고!"

그 순간 그녀가 자기 소리를 들었다. 웃음을 터뜨렸던 것이다.

"하인리히 뵐에 대해서 하나도 모르면서!" 그가 외쳤다. "하인리히 뵐이 노벨문학상을 탄 것도 몰라요?"

"이제 그만 가셔야 할 것 같네요." 그녀가 이렇게 말하고 대문으로 들어가 빗장을 세게 걸어 잠갔다. 이제 그녀는 콘크리트 마당에 서서 그를 보고 있었다. 도로에서 성질을 부리며 펄쩍펄쩍 뛰는 남자를 보면서 그가 자기 생각보다 젊다는 사실을 알아차렸다. 그의 말은 이제 독일어로 바뀌어서 하나도 알아들을 수가 없었다. 그녀는 공공 도로에서 길길이 날뛰는 교수를 잠시 지켜보며 서 있다가 콘크리트 길을 최대한 사뿐사뿐 지나서 집 안으로 들어갔다.

얼마나 끔찍한 남자인지! 정말 끔찍하고 불행한 남자야. 그녀가 문을 잠그며 생각했다. 정신이 나갔나? 게다가 얼마나 수고를 들였는지 생각하면······. 그녀는 케이크를 보면서 창밖으로, 그의 뒤에다가 던지고 싶다고 생각했다. 하지만 그러는 대신 케이크를 냉장고 깊숙이 넣고 와인을 한 잔 따랐다.

사실은 와인을 마시고 싶은 기분이 전혀 아니었다. 이 집에 앉아 있고 싶은 기분도 아니었지만 달리 할 일이 뭐 있을까? 결국 그녀는 와인을 얼른 마시고 난로에 이탄을 더 넣었다. 그런 다음 마음을 약간 가라앉히고 다른 생각을, 다른 일들을 생각하려고 신문을 펼쳤다. "진 셰리든은 우리 체제가 별거 중인 부부의 두려움과 혐오를 키운다고 썼다. 이번 주에 아일랜드 농부의 80퍼센트는 아내가 땅에 대한 권리를 갖지 못하게 하는 법적 혼전 합의서에 찬성한다고 말했다." 그녀는 신문 일자를 보고 불을 끄고서 난로 불빛을 받으며 누웠다. 그런 다음 심호흡을 하며 마음속에서 많은 생각이 흘러가도록 놔두었다.

길고 고통스러운 죽음

그녀는 그동안 알았던 남자들을, 그녀에게 청혼을 해서 그때마다 승낙했지만 결국 누구와도 결혼하지 않은 것에 대해 생각했다. 이제 그녀는 그들 중 누구와도 결혼하지 않아서 정말 다행이라고 생각했고, 애초에 청혼을 왜 받아들였을까 약간 의아했다. 그녀는 돌아누워서 집 주변 덤불을 흔드는 바람 소리를 들었다. 오늘 밤 그녀에게 필요한 것은 모든 여자에게 가끔 필요한 것, 즉 칭찬이었다. 뻔뻔스러운 거짓말로도 충분했을 것이다. 그녀는 칭찬을 자기가 먼저 요구하는 멍청한 실수를 저질렀다. 이 나이에 말이다. 아무것도 배우질 못한 걸까? 그녀는 오랫동안 이런 생각을 하면서 잠들려고 최선을 다했지만 결국 자리에서 일어나 커피를 마시려고 물을 끓였다.

뷜의 서재로 갔을 때는 이미 늦은 시각이었다. 또 하루가 거의 지나갔지만 그녀는 어느새 책상 앞에서 그 유명한 창문을 내다보고 있었다. 저 바깥에 넓은 바다와 높은 산, 벌거벗은 언덕이 있었다. 그녀는 책상 위의 종이 조각들을 보고 거기 적힌 메모를 읽은 뒤 한쪽으로 치웠다. 만년필 뚜껑이 빡빡했지만 결국 열고서 공책을 펼쳤다. 크림색 종이를 실로 엮어 만든 새 공책이었다. 그녀는 종이에 만년필 촉을 대고서야 손이 떨리고 있음을 깨달았다.

그녀는 '애킬섬'이라고 쓰고 날짜를 적었다. 그런 다음 잠시 멈추고 생일을 어떻게 보냈는지 생각했다. 새벽 3시에 다리를 건넜던 것, 꽃이 지고 난잡하게 자란 진달래 덤불. 그녀는 절벽 너머로 몸을 던지던 통통한 암탉을 떠올리고 깔깔 웃은 다음 암탉이 어떻게 길을 건넜는지 그 이유가 무엇이었는지 설명하려 애썼다. 그리고 흰 돌들과 따뜻한 물도 묘사하기 시작했다. 그녀는 글을 쓰다가 분명 뜨거운 돌이 해안으로 들어오는 바닷물을 데웠음을 깨달았다. 그녀는 돌 위에 누웠을 때 어떤 기분이었는지, 걸어갈 때 발밑에서 돌이 무슨 소리를 냈는지 썼다. 그녀는 절벽 위의 독일인을, 아래의 광경이 어떻게 보였을지 생각했다. 그날 밤 그녀는 체호프의 단편에 나오는 쾌활하고 복잡하며 결혼하지 않은 여주인공을 여러 번 생각했다. 그리고 정말 많은 사람들이 여기 오고 싶어 한다던 독일인 교수의 말을, 그가 그녀의 케이크를 얼마나 게걸스럽게 먹었는지를 생각했다. 또 그의 성질을 생각했고, 교수의 아내가 그와 어떻게 살았을지 상상하기 시작했다. 어느 순간 고개를 들자 땅 위로 흘러드는 빛이 보였다. 햇빛을 보니 자고 싶다는 생각이 잠시 간절했지만 멈출 수가 없었다. 그녀는 이제 막 그에게 이름과 암癌을 주었고, 그의 병에 대해서 고심하는 중이었다. 그녀가 작업하는 동안 태양이 떠올랐다. 거기 앉아서 아픈 남자를 묘사하면서 떠오르는 태양을 느끼자 기분이 좋았다. 나중에 또다시 자고 싶다는 생각이 새로이 솟구쳤다 해도 그녀는 그 갈망과 싸우면서 고개를 숙이고 공책에 집중한 채 계속 써 내려갔다. 이미 그녀는 장소와 시간을 절개하여 기후를, 그리고 갈망을 집어넣었다. 여기에는 흙과 불과 물이 있었다. 남자와 여자와 인간의 외로움, 실망이 있었다. 이 작업은 왠지 자연의 힘이 느껴지고 단순했다. 이제 그녀의 주인공은 식욕을 잃었다. 그녀는 친척들을 등장시키고 그의 유언장을 작성하는 중이었다. 그녀는 아름다운 아내가 그에게 고깃국물을 주는 장면을 살펴보다가 문득 자신이 배고프다는 사실을 깨달았다. 자리에서 일어나니 몸이 뻣뻣하고 기분이 좋았다. 그녀는 흔들리는 덤불 너머 도로에 내려앉는 아침을 내다보고 잘 시간이 왔다가 가버렸음을 깨달았다. 그녀는 주전자를 가스불에 얹고 냉장고 깊숙이에서 케이크를 꺼냈고, 기지개를 켜면서 이제 그의 길고 고통스러운 죽음을 준비하고 있었다.

남극

행복한 결혼 생활을 하던 여자는 집을 떠날 때마다 다른 남자와 자면 어떤 기분일까 궁금했다. 그래서 다음 주말에 그 답을 알아내기로 결심했다. 12월이었고, 또 한 해의 막이 닫히는 것이 느껴졌다. 그녀는 너무 나이가 들기 전에 하고 싶었다. 분명 실망스러우리라 생각했다.

 금요일 저녁에 그녀는 도시로 가는 기차에 올라 일등석에 앉아서 책을 읽었다. 금방 흥미가 떨어졌다. 결말을 벌써 알 것 같았다. 차창 너머로 불 켜진 집들이 어둠 속에서 번쩍이며 지나갔다. 그녀는 아이들이 먹을 마카로니앤드치

즈를 만들어 놓았고 세탁소에서 남편의 양복을 찾아 두었다. 남편에게는 크리스마스 선물을 사러 다녀오겠다고 했다. 남편은 그녀의 말을 의심할 이유가 없었다.

도시에 도착한 그녀는 택시를 타고 호텔로 가서 잉글랜드의 아주 오래된 거리인 비카스 클로스Vicars' Close가 보이는 작고 하얀 방을 배정받았다. 길쭉한 화강암 굴뚝이 달린 석조 주택이 일렬로 늘어서 있었는데, 옛날에 성직자들이 숙소로 쓰던 곳이었다. 그날 밤 그녀는 호텔 바에 앉아서 테킬라앤드라임을 마셨다. 나이 많은 남자들이 신문을 읽었고 손님이 별로 없었지만 그녀는 신경쓰지 않았다. 하룻밤은 푹 자야 했다. 여자는 빌린 침대에 쓰러져 꿈도 꾸지 않는 잠에 빠졌고, 대성당에서 울리는 종소리를 들으며 깼다.

토요일에는 쇼핑센터까지 걸어갔다. 자동문을 통해 드나드는 무수한 아침 인파 사이에서 외출 나온 가족들이 유모차를 밀고 다녔다. 그녀는 아이들을 위해 특이한 선물을, 아마 짐작도 못할 물건을 샀다. 슬슬 수염 날 나이가 된 큰아들 선물은 전기면도기, 딸에게 줄 선물은 안쪽에 이름이 새겨진 하트 모양의 은 로켓*, 남편 선물은 문자반이 하얀고 수수하지만 비싼 금시계였다.

오후가 되자 그녀는 짧은 자주색 원피스와 하이힐을 차려입고 제일 진한 립스틱을 바르고 다시 시내로 걸어갔다. 주크박스에서 흘러나오는 〈더 발라드 오브 루시 조던The Ballad of Lucy Jordan〉이 그녀를 어느 술집으로 이끌었다. 감옥을 개조한 곳으로, 창문에 쇠창살이 쳐 있고 천장은 낮고 들보가 얹혀 있었다. 한쪽 구석에서 슬롯머신이 깜빡거리다가 그녀가 바 의자에 앉자마자 동전이 쏟아져 나왔.

"안녕하세요." 그녀의 옆에 나타난 남자가 말했다. "본 적 없는 얼굴인데." 그는 얼굴이 벌겋고 목깃을 열어젖힌 하와이안 셔츠 안에 금목걸이를 하고 있었으며, 머리카락은 진흙 같은 색이고 손에 든 잔은 거의 비어 있었다.

"지금 마시는 거 뭐예요?" 그녀가 물었다.

알고 보니 그는 말이 정말 많아서 자기가 어떻게 살아왔는지 전부 늘어놓았고, 양로원에서 야간 근무를 한다고 말했다. 혼자 살고, 고아였고, 만난 적도 없는 먼 사촌 외에는

---

* 사진이나 머리카락 등을 넣어 목걸이에 다는 작은 갑.

친척도 없었다. 손가락에 반지도 없었다.

"난 세상에서 제일 외로운 남자예요." 그가 말했다. "당신은요?"

"난 결혼했어요." 그녀도 모르는 사이에 말이 튀어나왔다.

그가 웃었다. "나랑 포켓볼이나 칩시다."

"칠 줄 몰라요."

"상관없어요." 그가 말했다. "내가 가르쳐줄게요. 순식간에 저 까만 공을 구멍에 넣고 있을걸요." 남자가 슬롯에 동전을 넣고 뭔가를 당기자 작은 산사태라도 난 것처럼 테이블 아래 까만 구멍에서 공이 쏟아져 나왔다.

"줄무늬랑 단색," 그가 당구채에 초크를 바르며 말했다. "둘 중 하나 골라요. 내가 공을 흩트릴게요."

남자는 그녀에게 몸을 숙이고 공을 보는 법과 공을 칠 때 자기 공 보는 법을 가르쳐주었지만 한 게임도 져주지 않았다. 화장실에 갔을 때 그녀는 취해 있었다. 화장지 끄트머리를 찾을 수가 없었다. 그녀는 세면대 앞에서 차가운 거울에 이마를 기댔다. 이렇게까지 취한 적이 있었나 기억나지 않았다. 쓰러지지 않았지만 쓰러질 듯한 기분, 반쯤은

쓰러지고 싶은 기분이었다. 두 사람은 술잔을 비우고 밖으로 나갔다. 공기가 그녀의 폐를 찔렀다. 하늘에서 구름이 충돌했다. 그녀는 고개를 뒤로 젖히고 구름을 보았다. 그녀의 기분에 걸맞게 세상이 거짓말 같고 터무니없는 빨간색으로 변하면 좋겠다고 생각했다.

"좀 걸읍시다." 남자가 말했다. "내가 관광시켜 줄게요."

그녀는 그와 나란히 발을 맞추며 그의 가죽 재킷이 부스럭거리는 소리를 들었고 남자가 이끄는 대로 해자가 곡선으로 둘러싼 성당 주변 길을 걸었다. 나이 많은 남자가 주교성 바깥에 서서 새들에게 줄 상한 빵을 팔고 있었다. 그들은 빵을 산 다음 물가에 서서 깃털이 하얗게 변해가는 새끼 백조 다섯 마리에게 주었다. 갈색 오리들이 날아오더니 해자를 스치며 멋지게 내려앉았다. 까만 래브라도가 껑충껑충 달려 내려오자 비둘기 떼가 하나가 되어 날아올라서 마법처럼 나무에 내려앉았다.

"아시시의 프란치스코가 된 기분이에요." 그녀가 웃었다.

비가 내리기 시작했다. 그녀의 얼굴에 떨어지는 빗방울이 작은 전기 충격처럼 느껴졌다. 그들은 시장을 다시 거슬러 올라갔다. 방수 시트 밑에 차려진 가판대에는 없는 물건이 없어 보였다. 악취를 풍기는 헌책, 오래된 도자기, 풍차 모양 포인세티아, 감탕나무 리스, 황동 장식품, 얼음 위에서 죽은 눈을 하고 있는 갓 잡은 물고기.

"우리 집으로 가요." 그가 말했다. "요리해줄게요."

"요리를 해준다고요?"

"생선 먹어요?"

"뭐든지 다 먹어요." 그녀가 이렇게 말하자 그는 즐거워 보였다.

"당신 같은 타입 알아요." 그가 말했다. "야성적이죠. 당신은 야성적인 중산층 여자예요."

남자가 아직 살아 있는 듯한 송어를 골랐다. 생선 장수가 송어 머리를 자르고 포일로 싸 주었다. 남자는 시장 맨 끝의 소시지와 치즈 등을 파는 가판대에서 이탈리아 여자에게 블랙 올리브 한 통과 두껍게 썬 페타 치즈 한 조각을 샀다. 라임과 콜롬비아 커피도 샀다. 남자는 가판대를 지날 때마다 여자에게 사고 싶은 것이 없는지 물었다. 그는 돈을 마음대로 쓰면서 지폐를 낡은 영수증처럼 구겨서 주머니에 넣었고, 값을 치를 때에도 반듯하게 펴지 않았다. 남자의 집으로 가는 길에 주류점에 들러서 키안티 와인 두 병과 복권을 샀는데, 여자가 돈을 내겠다고 우겼다.

"당첨되면 반으로 나누는 거예요." 그녀가 말했다. "바하마에 가요."

"너무 기대하진 말아요." 남자가 이렇게 말하더니 문을 열어주고 밖으로 나가는 여자를 지켜보았다. 두 사람은 자갈길을 따라서 걸었고, 어떤 남자가 고개를 젖히고 면도를 받고 있는 이발소를 지나쳤다. 거리가 점점 좁고 구불구불해졌다. 이제 도시 외곽이었다.

"교외에 살아요?" 그녀가 물었다.

그는 대답 없이 걷기만 했다. 생선 냄새가 났다. 연철 대문에 다다르자 남자가 그녀에게 "왼쪽으로"라고 말했다. 그들은 아치 길을 지나서 막다른 골목으로 나왔다. 그가 아파트 건물로 들어가는 문을 열더니 그녀를 앞세우고 계단을 올라갔다.

"계속 가요." 여자가 층계참에서 멈추자 그가 말했다. 그녀는 킥킥 웃으며 올라가고 킥킥 웃으며 또 올라가서 맨

위층에 멈췄다.

문에 기름칠이 필요한지 그가 밀자 끼익 소리가 났다. 남자의 아파트 벽은 무늬가 없는 옅은 색이었고 창틀에 먼지가 내려앉았다. 식기 건조대에 얼룩진 머그잔이 하나 놓여 있었다. 드레일런 천으로 된 거실 소파에서 하얀 페르시안 고양이가 뛰어내렸다. 사람이 살지 않는 집처럼 방치된 곳이었다. 눅눅한 냄새가 나고 전화기는 흔적도 없었으며 사진도, 장식도, 크리스마스트리도 없었다. 거실에 놓인 고무나무가 직사각형 모양으로 들어오는 가로등 불빛을 향해서 카펫 위로 줄기를 뻗었다.

욕실에는 갈고리 발 모양의 파란 금속 다리가 달린 커다란 연철 욕조가 있었다.

"대단한 욕조네요." 그녀가 말했다.

"목욕하고 싶어요?" 그가 물었다. "해 봐요. 물을 채우고 뛰어들어요. 얼른요. 마음껏 써요."

그녀는 견딜 수 있는 한 최대로 뜨거운 물을 욕조에 받았다. 그가 욕실로 들어와서 상의를 벗고는 그녀에게 등을 돌린 채 세면기 앞에서 면도를 했다. 그녀는 눈을 감고서 남자가 거품을 내고, 면도칼로 세면대를 탁탁 치고, 면도하는 소리에 귀를 기울였다. 둘이서 이랬던 적이 있었던 것만 같았다. 여자는 저 남자가 지금까지 알았던 남자들 중에서 가장 위협적이지 않다고 생각했다. 그녀는 코를 꽉 잡고 물 속으로 미끄러져 들어가서 머리에서 피가 펌프질하는 소리와 뇌 속에서 흐르는 급류와 구름 소리에 귀를 기울였다. 물 밖으로 고개를 내밀자 수증기 속에서 남자가 턱에 묻은 면도 크림을 닦고 있었다.

"재밌어요?" 그가 물었다.

남자가 목욕수건으로 거품을 내자 그녀가 일어섰다. 어깨에서 똑똑 떨어진 물이 다리를 타고 흘러내렸다. 그는 여자의 발에서부터 점차 위쪽으로 느릿느릿 원을 세차게 그리며 씻겨 주었다. 노란 욕실 불빛 속에서 그녀는 괜찮아 보였다. 여자가 발을 들었다가 팔을 들었다가 남자가 씻기기 편하게 아이처럼 빙글 돌았다. 그가 그녀를 욕조에 다시 앉히고 헹궈 준 다음 수건으로 감쌌다.

"당신한테 뭐가 필요한지 알아요." 남자가 말했다. "보살핌이요. 이 세상에 보살핌이 필요 없는 여자는 없죠. 거기 있어요." 그가 밖으로 나갔다가 빗을 가지고 돌아와 그녀의 엉킨 머리카락을 빗기 시작했다. "이것 좀 봐요." 남자가 말했다. "진짜 금발이네. 복숭아 솜털 같은 금빛이에요." 그의 손등뼈가 그녀의 목뒤에서 미끄러지더니 척추를 따라 내려왔다.

침대 틀은 황동이었고 하얀 거위 솜털 이불과 베갯잇이 있었다. 그녀가 남자의 벨트를 끌러 고리에서 빼냈다. 벨트가 바닥에 떨어지자 버클이 챙 소리를 냈다. 여자가 그의 바지를 벗겼다. 알몸의 남자는 아름답지 않았지만 왠지 음탕한 분위기가 있었고, 체격은 단단하고 꺾이지 않을 것 같았다. 남자의 피부가 뜨거웠다.

"당신이 아메리카 대륙이라고 생각해요." 그녀가 말했다. "내가 콜럼버스가 될게요."

이불 속에서 남자의 축축한 허벅지 사이로 내려간 그녀가 그의 알몸을 탐험했다. 그의 몸은 새로웠다. 그녀의 발에 시트가 엉키자 남자가 시트를 획 젖혔다. 그녀는 침대 위에서 놀라운 힘을, 남자를 멍들게 할 정도의 다급함을 느꼈다. 그녀가 남자의 머리채를 잡고 고개를 젖힌 다음 그의 목에서 낯선 비누 냄새를 맡았다. 그가 그녀에게 키스하고 또 키스했다. 서두를 필요는 없었다. 일하는 남자답게 손바닥이 거칠었다. 두 사람은 욕정과 맞서 싸우고 씨름하다가 결국 욕정에 떠밀려 내려갔다.

끝난 다음 두 사람은 담배를 피웠다. 여자는 첫 아이를 낳기 전에 끊은 뒤로 몇 년 만에 피우는 담배였다. 그녀가 재떨이로 손을 뻗다가 라디오 시계 뒤의 산탄총 탄약통을 발견했다.

"이게 뭐예요?" 그녀가 탄약통을 집어 들었다. 보기보다 무거웠다.

"아, 그거. 누구 줄 선물이에요."

"엄청난 선물이네요." 그녀가 말했다. "포켓볼만 치는 게 아닌가 봐요."

"이리 와요."

그녀가 그와 딱 달라붙어 누웠고, 두 사람은 금세 아이처럼 달콤한 잠에 빠졌다가 어둠 속에서 허기를 느끼며 깼다.

남자가 저녁식사를 준비하는 동안 여자는 소파에 앉아 고양이를 무릎에 앉히고서 남극에 대한 다큐멘터리를 봤다. 눈밭이 몇 킬로미터나 펼쳐졌고, 영하의 바람 속에서 펭귄들이 뒤뚱뒤뚱 걸어다니고 쿡 선장*이 잃어버린 대륙을 찾아 배를 몰았다. 남자가 어깨에 티타올을 걸치고 나와서 그녀에게 차가운 와인을 한 잔 건넸다.

"당신," 그가 말했다. "탐험에 소질 있던데요." 그가 소파 등받이 뒤에서 몸을 숙여 그녀에게 키스했다.

"뭐라도 할까요?" 그녀가 물었다.

"아니요." 그가 이렇게 말하고 부엌으로 돌아갔다.

와인을 마시자 뱃속으로 미끄러지는 냉기가 느껴졌다. 그가 채소를 써는 소리와 물이 보글보글 끓는 소리가 들렸다. 음식 냄새가 집안에 떠다녔다. 고수, 라임즙, 양파. 그녀는 계속 취해 있어도 괜찮았다. 이렇게 살아도 괜찮았다. 남자가 나와서 식탁에 두 사람의 자리를 준비하고, 두꺼운 녹색 초에 불을 붙이고, 종이 냅킨을 접었다. 냅킨은 밤새 꺼지지 않는 불꽃 아래 작고 하얀 피라미드 같았다. 그녀가 티브이를 끄고 고양이를 쓰다듬었다. 그녀에게는 너무 큰

---

* 남극 대륙의 존재를 확인했던 영국의 탐험가.

남자의 진파랑색 가운 위로 하얀 털이 떨어졌다. 외간 남자가 피운 불에서 연기가 피어올라 창문을 넘어갔지만 여자는 남편을 생각하지 않았고, 그녀의 연인 역시 결혼 생활에 대해서 한 번도 묻지 않았다.

그 대신 그리스식 샐러드와 구운 송어를 먹으면서 대화가 지옥이라는 주제로 흘러갔다.

그녀가 어렸을 때 수녀님이 지옥이란 사람마다 다르다고, 각자가 생각하는 최악의 장소라고 했었다. "난 지옥은 견딜 수 없을 만큼 추운 곳이라고 늘 생각했어요. 반쯤 얼어 있지만 절대 의식을 잃지 않고 아무것도 느끼지 못하는 거예요." 그녀가 말했다. "차가운 태양과 당신을 지켜보는 악마만 있을 뿐, 아무것도 없어요." 그녀가 부르르 떨더니 생각을 떨친 다음, 잔을 입술에 대고 목을 뒤로 젖혀 와인을 삼켰다. 그녀는 목이 길고 예뻤다.

"그러면 나의 지옥은 황폐한 곳이겠네요. 사람이 아무도 없는 곳 말이에요." 남자가 말했다. "악마도 없고. 지옥에 사람이 바글바글할 줄 알고 늘 마음 놓고 있었는데. 친구들이 전부 거기 있을 테니까요." 그가 자기 샐러드에 후추를 좀 더 갈아 넣고 빵 한가운데 부드러운 부분을 떼어냈다.

"학교 다닐 때 수녀님이 지옥은 영원하다고 했어요." 그녀가 송어 껍질을 떼어내며 말했다. "우리가 영원이 얼마나 긴 시간이냐고 물었더니 수녀님이 말했죠. '지구상의 모든 모래를 생각해 봐. 모든 해변과 모래 채석장, 해저, 사막을 말이야. 그 모래가 전부 모래시계에 들어 있다고 상상해 보렴. 거대한 요리용 타이머 같은 데 말이야. 일 년에 모래가 한 알씩 떨어진다고 했을 때 영원은 세상의 모든 모래가 모래시계 속에서 다 떨어질 때까지 걸리는 시간이야.' 생각해 봐요! 우린 모두 겁에 질렸죠. 아주 어렸거든요."

"아직도 지옥을 믿는 건 아니죠?" 그가 말했다.

"네. 보면 몰라요? 에마누엘 수녀님이 지금 생판 모르는 사람이랑 몸을 섞는 나를 보면 얼마나 웃길까요." 그녀가 송어 살점을 떼어내 손가락으로 먹었다.

그가 포크와 나이프를 내려놓고 무릎에 손을 포갠 다음 그녀를 보았다. 그녀는 이제 배가 불러서 음식으로 장난을 치고 있었다.

"그럼 당신은 친구들도 전부 지옥에 갈 거라고 생각하는

군요." 그녀가 말했다. "좋네요."

"그 수녀님 말이 맞다면 그렇진 않겠죠."

"친구 많아요? 직장에서 알게 된 사람들도 있을 테고."

"몇 명 있어요." 그가 말했다. "당신은?"

"친한 친구가 둘 있어요." 그녀가 말했다. "죽고 못 사는 친구들이죠."

"당신은 운이 좋네요." 그가 이렇게 말하고 일어나서 커피를 만들었다.

그날 밤, 그는 그녀에게 자신을 빌려주는 사람처럼 게걸스러웠다. 그가 하지 않을 일은 없었다.

"당신은 정말 마음이 넓은 연인이에요." 끝난 뒤에 그녀가 그에게 담배를 주며 말했다. "당신은 정말 마음이 넓어요. 확실해."

고양이가 침대로 뛰어올라 그녀를 깜짝 놀라게 했다.

"젠장!" 그녀가 말했다. 그의 고양이에겐 뭔가 소름 끼치는 면이 있었다.

담뱃재가 이불에 떨어졌지만 두 사람 모두 너무 취해서 신경쓰지 않았다. 취하고, 경솔했고, 같은 밤 같은 침대를 썼다. 정말이지 전부 너무나 단순했다. 아래층에서 큰 소리로 튼 크리스마스 음악이 올라왔다. 그레고리안 성가였고, 수사들이 노래했다.

"아랫집에는 누가 살아요?"

"아, 어떤 할머니. 귀가 완전히 먹었죠. 노래도 해요. 아래층에서 혼자 살아요. 자고 일어나는 시간도 대중없고."

두 사람이 자려고 누웠을 때 여자가 그의 어깨 오목한 부분에 머리를 기댔다. 그는 그녀의 팔을 쓰다듬고 동물을 대하듯 예뻐했다. 그녀는 고양이처럼 가르랑거리면서 스페인어 수업에서 알R 발음을 배울 때처럼 혀를 굴렸고, 싸라기눈이 창유리를 두드렸다.

"당신이 가고 나면 보고 싶을 거예요."

그녀는 아무 말 없이 가만히 누워서 라디오 시계의 빨간 숫자가 바뀌는 것을 지켜보다가 잠들었다.

일요일에 그녀는 일찍 잠에서 깼다. 밤새 하얀 서리가 내렸다. 그녀는 옷을 입었고, 베개를 베고 자는 남자를 지켜보았다. 욕실로 건너가 캐비닛 안을 들여다봤다. 비어 있었다. 거실에 있는 책 제목들을 읽어 보았다. 알파벳 순서로 꽂혀 있었다. 그녀는 호텔에서 체크아웃을 하러 위태로운 보도를 따라 걸어갔다. 길을 잃는 바람에 푸들을 데리고 나온 심란한 표정의 여자에게 길을 물어야 했다. 호텔 로비에서 거대한 크리스마스트리가 반짝거렸다. 여행 가방이 열린 채로 침대에 놓여 있었다. 입고 있는 옷에서 담배 냄새가 났다. 그녀는 샤워를 하고 옷을 갈아입었다. 열 시에 청소부가 문을 두드렸지만 그녀는 필요 없다고, 신경쓰지 말라고, 일요일에는 누구도 일을 해선 안 된다고 말했다.

로비로 내려간 그녀는 공중전화 부스에 앉아서 집으로 전화를 걸었다. 아이들은 어떻게 지내는지, 날씨는 어떤지 묻고 남편에게 하루 잘 보냈냐고 물은 다음 아이들의 선물에 대해 이야기했다. 돌아가면 지저분하게 어질러진 집과 더러운 바닥, 깨진 무릎, 산악자전거와 롤러스케이트가 세워진 복도가 기다리고 있을 것이다. 온갖 질문도 함께. 그녀는 전화를 끊고 나서야 뒤에서 누가 기다리고 있음을 깨달았다.

"작별 인사를 안 했잖아요."

그가 거기 서 있었다. 검은 양털 모자를 귀까지 푹 눌러 써서 이마가 가려졌다.

"당신이 자고 있었어요." 그녀가 말했다.

"슬쩍 빠져나갔잖아요." 그가 말했다. "미꾸라지같이."

"난—"

"슬쩍 빠져나가서 점심 먹으면서 한잔할래요?" 그가 그녀를 전화 부스로 밀어 넣고는 길고 축축한 키스를 했다. "아침에 일어나니 시트에서 당신 향기가 났어요." 그가 말했다. "아름다웠죠."

"병에 담아서 팔아요." 그녀가 말했다. "떼돈을 벌 거예요."

그들이 점심을 먹으러 간 식당은 1.8미터쯤 되는 벽에 아치 창문이 나 있고 바닥에 판석이 깔려 있었다. 난로 바로 옆 테이블이었다. 두 사람은 로스트비프와 요크셔푸딩을 먹으면서 다시 취했지만 대화는 별로 하지 않았다. 그녀는 블러디메리를 마셨는데, 웨이트리스에게 타바스코를 잔뜩 넣어달라고 했다. 그는 에일로 시작한 다음 진토닉을 마셨고, 손을 뻗어 난로에 통나무를 던져 넣었다.

"평소에는 이렇게 많이 안 마셔요." 그녀가 말했다. "당신은요?"

"안 마셔요." 그가 말했고, 웨이트리스에게 한 잔씩 더 달라고 손짓했다.

그들은 꾸물꾸물 디저트를 먹고 일요일자 신문을 보았다. 한 번은 그녀가 신문을 넘기다가 시선을 들자 그가 그녀의 입을 열심히 보고 있었다.

"웃어요." 그가 말했다.

"뭐라고요?"

"웃으라고요."

그녀가 웃자 그가 손을 뻗어서 검지 끄트머리를 그녀의 치아에 댔다.

"자," 그가 무언가 아주 작은 조각을 보여주며 말했다. "이제 됐어요."

시장에 가니 마을에 짙은 안개가 끼어 있었다. 너무 짙어서 그녀는 표지판도 읽기 힘들었다. 크리스마스 장사를 하러 나온 일요일의 장사꾼들이 물건을 보여주고 있었다.

"크리스마스 쇼핑은 다 했어요?" 그녀가 물었다.

"아뇨, 난 선물 사줄 사람이 없잖아요. 고아라고 했는데.

기억나요?"

"미안해요."

"괜찮아요. 좀 걷죠."

그가 그녀의 손을 잡고 주택들 뒤쪽 검은 숲으로 이어지는 흙길로 이끌었다. 그가 손을 너무 세게 잡아서 손가락이 아팠다.

"아파요." 그녀가 말했다.

그는 손에서 힘을 뺐지만 미안하다고 말하지는 않았다. 낮의 빛이 다 빠졌다. 황혼이 하늘을 물들이고 대낮의 빛을 어둠으로 바꾸려고 꼬드겼다. 두 사람은 말없이 한참 동안 걸으면서 일요일의 고요함을 느끼고 얼음장 같은 바람 때문에 나무가 긴장하는 소리에 귀를 기울였다.

"예전에 결혼한 적이 있어요. 아프리카로 신혼여행을 갔었죠." 그가 불쑥 말했다. "결혼 생활이 오래 가진 않았지만. 커다란 집이랑 가구랑 전부 있었죠. 좋은 여자였어요. 정원을 아주 잘 가꿨는데. 우리 집 거실에 있는 화분 있잖아요? 그게, 그 여자 거였어요. 몇 년이나 죽기를 기다렸는데 그 빌어먹을 것이 계속 자라기만 해서."

그녀는 식물이 기껏해야 소스팬만 한 화분에서 바닥으로 뻗어나가 성인 남자만큼 자라고 메마른 뿌리가 엉켜 화분에서 넘치는 모습을 떠올렸다. 아직 살아 있는 것이 기적이었다.

"어떤 건 통제가 불가능해요." 그가 머리를 긁으며 말했다. "그 여자는 내가 자기 없이 1년도 못 살 거라고 했죠. 나 원, 완전히 틀렸지 뭐예요." 남자가 그녀를 보며 미소를 지었다. 묘한 승리의 미소였다.

이제 숲 깊숙이 들어왔다. 길바닥에 부딪히는 두 사람의 발소리만 들리고 나무들 사이로 리본처럼 길쭉한 하늘만 보일 뿐, 그녀는 여기가 어딘지 알 수 없었다. 그가 갑자기 여자를 잡고 나무 아래로 당겨서 나무줄기에 등을 기대게 했다. 그녀는 앞이 보이지 않았다. 외투 너머로 나무껍질이 느껴졌고, 그녀의 배에 닿은 그의 배가 느껴졌고, 그의 숨결에서 진 냄새가 났다.

"나 잊지 않을 거죠." 그가 그녀의 눈을 가린 머리카락을 넘기며 말했다. "말해요. 잊지 않을 거라고 말해요."

"당신을 잊지 않을 거예요."

어둠 속에서 그가 그녀를 기억에 새기려는 장님이라도 된 것처럼 손가락으로 얼굴을 더듬었다. "나도 당신을 안 잊을 거예요. 당신의 작은 조각이 바로 여기서 똑딱거릴 거예요." 남자가 그녀의 손을 잡아 자기 셔츠 안으로 넣으며 말했다. 뜨거운 피부 밑에서 뛰는 심장이 느껴졌다. 그런 다음 남자는 그녀의 입속에 자기가 찾는 것이 있다는 듯이 키스했다. 어쩌면 말을 찾고 있었을까. 그 순간 대성당 종이 울렸고, 그녀는 몇 시일지 궁금했다. 여섯 시 기차였지만 짐을 다 쌌으니 서두를 필요는 없었다.

"아침에 체크아웃 했어요?"

"네." 그녀가 웃었다. "호텔 직원들은 내가 둘도 없이 깔끔한 손님인 줄 알아요. 가방은 로비에 맡겨뒀어요."

"우리 집으로 가요. 내가 택시를 불러서 바래다줄게요."

그녀는 섹스를 할 기분이 아니었다. 머릿속에서 그녀는 이미 이곳을 떠났고, 역에서 남편을 마주 보고 있었다. 깨끗하고 충만하고 따뜻한 기분이었다. 이제 기차에서 한숨 자고 싶다는 생각밖에 없었다. 하지만 결국 그의 집으로 가면 안 될 이유를 찾지 못했고, 작별 선물을 하는 셈 치고 그러겠다고 했다.

그들은 어두운 숲에서 벗어나 비카스 클로스를 지나서 호텔 근처 해자 밑으로 나왔다. 갈매기들이 내륙까지 들어와 물새 위를 맴돌다가 급강하해서 미국인들이 백조에게 던지는 빵을 낚아챘다. 그녀는 여행 가방을 찾은 다음 미끄러운 거리를 지나서 그의 집으로 갔다. 집은 추웠다. 어제 썼던 접시가 싱크대에 잠겨 있었고 기름이 둥둥 뜬 물이 찰랑거렸다. 마지막 남은 낮의 빛이 커튼 틈새로 들어왔지만 그는 불을 켜지 않았다.

"이리 와요." 그가 말했다. 그는 재킷을 벗고 그녀 앞에 무릎을 꿇었다. 그녀의 신발 끈을 풀고 천천히 매듭을 풀더니 스타킹을 벗기고 속옷을 발목까지 내렸다. 그런 다음 일어나 그녀의 외투를 벗기고 블라우스를 조심스레 풀며 단추를 감상하고, 스커트 지퍼를 내리고, 시계를 손으로 당겨 벗겼다. 그러고 나서 머리카락 쪽으로 손을 뻗어 귀걸이를 뺐다. 달랑거리는 귀걸이. 남편이 결혼기념일에 선물한 이파리 모양의 금귀걸이였다. 그는 아주 느릿느릿 그녀의 옷을 벗겼다. 그녀는 잠자리에 들기 전에 보살핌을 받는 아이가 된 기분이었다. 그녀는 그와 함께, 그를 위해서 아무것도 할 필요가 없었다. 아무런 의무도 없었고, 그녀가 해야 할 일은 거기 존재하는 것뿐이었다.

"누워요." 그가 말했다.

알몸이 된 그녀가 솜털 이불 위에 누웠다.

"잘 수도 있을 것 같아요." 그녀가 눈을 감으며 말했다.

"아직 안 돼요." 그가 말했다.

방이 추웠지만 그는 땀을 흘리고 있었다. 남자의 땀 냄새가 났다. 그가 한 손으로 그녀의 양 손목을 잡아 머리 위로 올리고 목에 키스했다. 땀 한 방울이 그녀의 목으로 떨어졌다. 서랍이 열리더니 짤랑거리는 소리가 났다. 수갑. 그녀는 깜짝 놀랐지만 머리가 빨리 돌아가지 않아서 항의하지 못했다.

"마음에 들 거예요." 그가 말했다. "날 믿어요."

그가 그녀의 양 손목을 황동 침대틀에 고정시켰다. 그녀는 마음 한구석으로는 겁에 질렸다. 그에게는 어쩐지 용의주도한 면이, 말없이 압도하는 면이 있었다. 그녀에게 땀이 계속 떨어졌다. 그녀는 남자의 피부에서 톡 쏘는 짠맛을 느졌다. 그는 몸을 물렸다가 다가오면서 그녀가 애원하게 만들었다. 절정에 이르게 만들었다.

남자가 일어났다. 헤드보드에 수갑이 채워진 그녀를 그대로 두고 방에서 나갔다. 부엌 불이 켜졌다. 커피 향이 나고 달걀 깨뜨리는 소리가 들렸다. 그가 쟁반을 들고 들어와 앉아서 그녀를 내려다보았다.

"난 이제 그만—"

"움직이지 말아요." 그가 조용히 말했다. 남자는 아주 침착했다.

"이거 벗겨 줘—"

"쉬이." 그가 말했다. "먹어요. 먹고 가요." 그가 포크로 스크램블드에그를 조금 떠서 내밀자 그녀가 받아먹었다. 소금과 후추 맛이 났다. 그녀가 고개를 돌렸다. 시계가 5시 32분을 알렸다.

"젠장, 시간이 벌써—"

"욕하지 말아요." 그가 말했다. "먹어요. 그리고 마셔요. 이거 마셔요. 그런 다음에 열쇠 가져올게요."

"왜—"

"그냥 마셔요. 얼른. 나도 당신이랑 같이 마셨잖아요. 기억나요?"

그녀는 수갑을 찬 채로 그가 기울여 주는 머그잔의 커피를 마셨다. 1분밖에 걸리지 않았다. 따뜻하고 어두운 느낌이 퍼지더니 그녀는 잠들었다.

그녀가 잠에서 깼을 때 남자는 눈부신 형광등 불빛 아래서 옷을 입고 있었다. 그녀는 여전히 수갑을 찬 상태였다. 무슨 말을 하려 했지만 입에 재갈이 물려 있었다. 한쪽 발목도 다른 수갑으로 침대 발치에 고정되어 있었다. 그는 데님 셔츠를 잠그며 계속 옷을 입었다.

"난 일하러 가야 해요." 그가 부츠 끈을 묶으면서 말했다. "어쩔 수가 없어요."

그가 방에서 나갔다가 대야를 들고 돌아왔다. "혹시 필요할지도 모르니까." 그가 이렇게 말하고 대야를 침대에 내려놓았다. 남자가 그녀를 끌어안고 재빨리 평범한 입맞춤을 한 다음 불을 껐다. 그가 복도에서 걸음을 멈추고 그녀를 돌아보았다. 그의 그림자가 침대를 덮쳤다. 그녀는 크게 뜬

눈으로 애원했다. 눈빛으로 그에게 손을 내밀었다. 그가 양손을 내밀어 손바닥을 보여주었다.

"당신이 생각하는 그런 건 아니에요." 그가 말했다. "정말 아니야. 알겠지만 난 당신을 사랑해요. 이해해줘요."

그런 다음 돌아서서 떠났다. 그녀는 그가 나가는 소리에 귀를 기울였고, 계단을 내려가는 소리가 들렸다. 지퍼가 잠겼다. 복도 불이 꺼지고 문이 쾅 닫혔고, 그가 보도를 걸어가는 소리가 들렸다. 발소리가 점점 작아졌다.

당황한 그녀는 수갑을 풀려고 애를 썼다. 풀려나려고 온갖 방법을 써보았다. 그녀는 힘이 셌다. 헤드보드를 떼어내려고 했지만 시트를 젖혀 보니 침대틀에 볼트로 고정되어 있었다. 그녀는 한참 동안 침대를 덜컹덜컹 흔들었다. "불이야!"라고 소리치고 싶었다. 경찰은 대개 여자들에게 긴급상황이 닥치면 그렇게 외치라고 홍보했지만 그녀는 입에 물린 천을 끊을 수가 없었다. 겨우겨우 애를 써서 한쪽 발을 바닥에 내리고 카펫을 탕탕 쳤다. 그러다가 아래층에 귀먹은 할머니가 산다는 사실을 기억해냈다. 몇 시간이 지난 뒤 그녀는 마음을 가라앉히고 귀를 기울이며 생각했다. 호흡이 차분해졌다. 옆방에서 커튼이 파닥거리는 소리가 났다. 남자가 창문을 열어놓고 갔다. 풀려나려고 애를 쓰느라 솜털 이불이 바닥에 떨어졌고, 그녀는 알몸이었다. 이불에 발이 닿지 않았다. 냉기가 들어와서 집 안에 퍼지며 방을 채웠다. 그녀가 몸을 떨었다. 차가운 공기는 밑으로 내려오지, 그녀가 생각했다. 결국 떨림이 멈추었다. 온몸이 무감각해졌다. 그녀는 혈관 속의 피가 느려지고 심장이 쭈그러드는 것을 상상했다. 고양이가 침대에 펄쩍 뛰어오르더니 매트리스 위를 돌아다녔다. 누그러진 분노가 공포로 변했다. 그 역시 지나갔다. 이제 옆방 커튼이 벽을 더 빨리 때렸다. 바람이 강해지고 있었다. 그녀는 남자를 생각했지만 아무 느낌도 없었다. 남편과 아이들을 생각했다. 그들이 그녀를 절대 못 찾을지도 몰랐다. 그녀는 남편과 아이들을 두 번 다시 못 볼지도 몰랐다. 상관없었다. 어둑함 속에서 그녀의 입김이 보이고 머리를 덮는 냉기가 느껴졌다. 차갑고 느린 태양이 동쪽을 하얗게 물들이고 있다는 생각이 서서히 떠올랐다. 그녀의 상상이었을까, 아니면 창유리 너머에 내리는 눈이었을까? 그녀는 침대 옆 탁자에 놓인 시계를,

자꾸 바뀌는 빨간 숫자를 보았다. 고양이가 그녀를 보고 있었다. 눈이 사과 씨처럼 새까맸다. 그녀는 남극을, 눈과 얼음과 죽은 탐험가들의 시체를 생각했다. 그런 다음 지옥을, 그리고 영원을 생각했다.

감사의 말

펄리시티 블런트, 소피 베이커, 알렉스 볼러, 에이슬링 브레넌, 실비아 크럼프턴, 노린 두디, 케이티 해리슨, 니얼 맥모나글, 로지 피어스, 실라 퍼디, 케이티 레이시언, 키아라 로셰, 조지핀 샐버다, 사빈 웨스피저에게 감사의 말을 전한다.

옮긴이의 말

『너무 늦은 시간』은 2022년 《뉴요커》에 발표된 표제작과 2007년에 출간된 두 번째 단편집 『푸른 들판을 걷다』의 「길고 고통스러운 죽음」, 1999년에 출간된 첫 번째 단편집 『남극Antarctica』에 실렸던 동명의 단편을 묶어서 2023년에 출간한 단편집이다. 그러므로 세 작품은 대략 10년씩의 시차를 사이에 두고 있는 셈이지만 작가 특유의 문체는 그리 다르지 않고, '남자와 여자의 이야기'라는 부제가 알려주듯 다양한 남녀 관계를 보여주는 작품을 선별했기 때문에 같은 재료를 각각 색다르게 조리한 코스 요리처럼 무척 신선

한 재미를 준다.

세 편 중에서 가장 눈에 띄는 작품은 「너무 늦은 시간」일 텐데, 놀랍게도 여기서 클레어 키건은 등장인물 사빈의 입을 빌려 이 작품의 주제―여성혐오―를 직접적으로 언급한다. 작품의 클라이맥스에서 사빈은 여성혐오의 핵심은 결국 여성에게 아무것도 주지 않으려는 것이라고 직설적으로 말한다. 주인공 카헐과 사빈은 우연한 만남을 시작으로 서서히 가까워지다가 사빈이 매주 카헐의 집에서 주말을 보내게 되고, 자연스럽게 결혼 이야기가 나오면서 같이 살게 된다. 여기까지만 보면 아주 평범한 연인의 이야기지만 사실 문제는 줄거리로 요약되지 않는 작은 부분들에 있다.

카헐은 평범한 남자이면서 동시에 무척 인색하다. 평범하다는 것은 우리가 인식하지 못하는 일상적인 여성혐오가 몸에 배 있다는 뜻이다. 그는 페르메이르의 그림 속 고요한 여자들에게서 게으름밖에 느끼지 못하고, 요리를 할 줄 안다는 점에서 사빈을 높게 평가하면서도 설거짓감이 많이 나온다는 이유로 불만을 가진다. 거기다가 인색하기까지 한 카헐은 결혼반지를 살 때에도 사이즈 조정 비용을 아까워하고, 사빈이 늘 자기 돈으로 장을 볼 때는 가만히 있다가 딱 한 번 그녀가 지갑을 놓고 왔을 때 돈을 대신 낸 것을 기억에 담아놓고 생색을 낸다.

하지만 희망의 끈이 아예 없는 것은 아니었다. 결혼반지 문제로 자기가 돈을 찍어내는 줄 아느냐며 버럭 화를 냈을 때는 아버지의 그림자를 깨닫고 얼른 사과하고, 사빈이 아일랜드 남자에 대해서 이야기할 때에는 스스로 한 번도 생각해 보지 않았던 불편한 진실을 어렴풋이 감지한다. 그리고 모든 것이 끝난 뒤에는 대학 시절에 동생이 어머니의 의자를 뒤로 빼서 넘어뜨렸던 때를 회상하며 그때 아버지가 껄껄 웃지 않았다면 자신도 지금과 다른 남자가 되었을까 생각한다. 그러나 카헐은 반성의 기회를 받아들여 불편한 진실을 정면으로 마주하는 대신 인신공격과 모욕적인 욕설이라는 쉬운 방법으로 도피해 버리고, 그 결말은 외로움밖에 없다.

클레어 키건이라고 하면 여백이 많은 글이 얼른 떠오르므로 앞서 말했듯 주인공의 입을 통해서 글의 핵심어를 직접적으로 드러내는 것이 그녀답지 않다고 여겨질지도 모른다. 그러나 이야기를 전개해 나가는 방식은 전혀 직접적이지 않다. 「너무 늦은 시간」은 평범한 공무원 카헐의 하루를 담담하게 서술한다. 주인공이 왠지 일에 집중하지 못하는 듯하고 상사가 그를 대하는 태도 역시 어딘가 조심스럽지만 전체적으로 특이할 것 없는 하루처럼 보인다. 카헐은 탕비실에서 만난 다른 부서 직원과 평범한 인사를 나누고, 퇴근 시간이 되자 사무실 청소부를 지나쳐 집으로 가는 버스에 오르고, 버스 정류장에서는 동네 농부와 목례를 나누고 집으로 들어간다. 그러나 이 작품을 다 읽고 나면 평범한 마주침 하나하나에 또 다른 의미가 담겨 있었음을 깨닫게 되고, 맨 처음으로 돌아가 다시 읽지 않을 수 없다.

「너무 늦은 시간」이 친밀한 관계를 해치는 남자의 문제를 보여준다면 「길고 고통스러운 죽음」은 남성의 무례하고 오만한 태도가 친밀한 관계에만 국한되지 않는다고 이야기한다. 주인공은 애킬섬 하인리히 뵐 하우스의 레지던스 프로그램에 선정된 여성 작가로, 한적한 곳에서 작업에 몰두할 생각에 설레지만 독일인 교수라는 사람이 불쑥 전화하고 찾아와 그녀를 방해한다. 주인공은 예의 바르게 그의 방문을 허락하고 케이크를 만들어 대접하지만 상대방은 고마워하기는커녕 많은 사람을 제치고 선정되었으면서 한가롭게 케이크나 만들고 바다에 들어가 놀기나 한다며 비난한다. 대화하는 방법도 모르고 처음 만난 여성에게 설교만 늘어놓는 남자의 모습은 슬프게도 낯설지 않다. 결국 작가는 길길이 날뛰는 남자를 쫓아내고 그녀만의 방법으로 그에게 복수한다. 어쩌면 소극적으로 보일지도 모르지만 글을 쓸 수 있는 자가 쓸 수 없는 자에게 되갚을 수 있는 더없이 신선한 방법이다.

마지막 작품인 「남극」에서는 일탈을 꿈꾸던 가정주부가 오랜 호기심을 실행에 옮기다가 전혀 예상하지 못한 결말을 맞이한다. 평소 남편과 아이들의 뒤치다꺼리만 하던 주인공은 갖고 싶은 것이 없는지 계속 물어보고, 씻겨주고, 요리해주고, 설거지까지 혼자서 다 하는 낯선 남자를 만나 극진한 보살핌을 받는다. 하지만 작은 일탈은 주인공의 기대와 달리 깔끔하게 끝나지 않는다. 줄거리만 놓고 보면 어둡고 심각하지만 키건은 오히려 엉뚱함과 유머를 더해 서술하고, 독자는 주인공과 함께 잉글랜드의 유서 깊은 소도시를 누비며 어디로 흘러갈지 모르는 이야기를 따라가다가 전혀 예상하지 못한 종착지에, 눈과 얼음의 땅에 도착한다.

 클레어 키건은 이 책에 실린 세 작품을 통해 남녀 관계와 그 안에 존재하는 불균형한 권력관계, 엉뚱한 결말에 도달하는 작은 호기심을 다양하게 보여준다. 그 결말은 씁쓸하거나, 귀엽거나, 섬찟하면서도 왠지 우스꽝스러울 수 있지만 끝까지 읽는 순간 처음으로 돌아가 다시 읽고 싶어진다는 점은 아마 똑같을 것이다. 처음 읽을 때에는 작가가 우리를 어디로 데려갈지 짐작할 수 없어서 더듬더듬 길을 파악하는 데 몰두하지만 두 번째로 읽을 때에는 이미 지났던 길을 천천히 걸어가면서 처음에는 보지 못했던 작은 꽃을, 조그만 웅덩이를, 따끔거리는 가시덤불을 가만히 서서 관찰할 수 있다. 키건과 함께하는 산책은 평탄하지만은 않지만 즐거운 시간이 될 것이다.

허진

옮긴이 허진

서강대학교 영어영문학과와 이화여자대학교 통번역대학원 번역학과를 졸업했다. 옮긴 책으로 조지 오웰의 『조지 오웰 산문선』, 샐리 루니의 『친구들과의 대화』, 엘리너 와크텔의 『작가라는 사람』, 지넷 윈터슨의 『시간의 틈』, 도나 타트의 『황금방울새』, 마틴 에이미스의 『런던 필즈』와 『누가 개를 들여놓았나』, 나기브 마푸즈의 『미라마르』, 아모스 오즈의 『지하실의 검은 표범』 등이 있다.

너무 늦은 시간

초판 1쇄 발행 2025년 7월 3일
초판 3쇄 발행 2025년 7월 24일

지은이 클레어 키건
옮긴이 허진
펴낸이 김선식

부사장 김은영
콘텐츠사업본부장 임보윤
책임편집 이승환 **책임마케터** 양지환
콘텐츠사업3팀장 이승환 **콘텐츠사업3팀** 김한솔, 권예진, 이가현, 곽세라
마케팅2팀 이고은, 양지환, 지석배
미디어홍보본부장 정명찬
브랜드홍보팀 오수미, 서가을, 김은지, 이소영, 박장미, 박주현 **채널홍보팀** 김민정, 정세림, 고나연, 변승주, 홍수경
영상홍보팀 이수인, 염아라, 석찬미, 김혜원, 이지연
편집관리팀 조세현, 김호주, 백설희 **저작권팀** 성민경, 이슬, 윤제희
재무관리팀 하미선, 임혜정, 이슬기, 김주영, 오지수
인사총무팀 강미숙, 이정환, 김혜진, 황종원
제작관리팀 이소현, 김소영, 김진경, 이지우, 황인우
물류관리팀 김형기, 김선진, 주정훈, 양문현, 채원석, 박재연, 이준희, 이민운
외부스태프 디자인 퍼머넌트 잉크

펴낸곳 다산북스 **출판등록** 2005년 12월 23일 제313-2005-00277호
주소 경기도 파주시 회동길 490
전화 02-704-1724 **팩스** 02-703-2219 **이메일** dasanbooks@dasanbooks.com
홈페이지 www.dasan.group **블로그** blog.naver.com/dasan_books
종이 스마일몬스터 **인쇄** 민언프린텍 **후가공** 제이오엘앤피 **제본** 국일문화사

ISBN 979-11-306-6490-3 (03840)

• 책값은 뒤표지에 있습니다.
• 파본은 구입하신 서점에서 교환해드립니다.
• 이 책은 저작권법에 의하여 보호를 받는 저작물이므로 무단 전재와 복제를 금합니다.

다산북스(DASANBOOKS)는 독자 여러분의 책에 관한 아이디어와 원고 투고를 기쁜 마음으로 기다리고 있습니다.
책 출간을 원하는 아이디어가 있으신 분은 다산북스 홈페이지 '원고투고'란으로 간단한 개요와 취지, 연락처 등을 보내주세요.
머뭇거리지 말고 문을 두드리세요.